EN LETTRES D'ANCRE

DU MÊME AUTEUR

Vous n'êtes pas venus au monde pour rester seuls, *roman*, traduit du norvégien par Terje Sinding, Grasset, 2017.

EIVIND HOFSTAD EVJEMO

LA NOUVELLE SAISON

roman

Traduit du norvégien
par Terje Sinding

BERNARD GRASSET
PARIS

L'édition originale de cet ouvrage a été publiée en 2022
par Cappelen damm, sous le titre :

DEN NYE ÅRSTIDEN

Cette traduction a été publiée avec le soutien financier de NORLA

NORLA

Jaquette : © Collection Christophel / Prisma.

ISBN 978-2-246-83427-4

Comment meurent les paysans ?

Léon Tolstoï

AVANT

On avait commencé à planter les arbres une dizaine d'années plus tôt. Dans les landes les plus septentrionales, les pommes des épicéas de Sitka laissaient déjà échapper leurs graines. Certains enfants de la région avaient grandi pendant les travaux de plantation, ils avaient vu leurs parents s'agenouiller sur de petits tapis en caoutchouc et travailler jusqu'à une heure tardive après une journée harassante à l'étable. Quand les enfants étaient assez grands, on leur confiait de petites boîtes contenant des pousses d'épicéa – des spécimens miniatures des énormes arbres coupe-vent – qu'on leur permettait de planter en tassant bien la terre.

On avait lancé le projet pour favoriser le développement économique de la région. En remplaçant la vieille forêt de pins par de jeunes arbres à croissance rapide, on espérait créer une économie basée sur la sylviculture. Par la même occasion, on empêcherait les vents de balayer le paysage, on protégerait les maisons, on mettrait les hommes et les animaux à l'abri. Bref, on agirait en faveur de la vie. Rémunérées pour chaque arbre planté, cinquante-trois personnes avaient participé aux travaux, et l'on envisageait d'amplifier le projet.

C'était un succès. On avait acheté des terres, délimité de nouvelles aires de plantation. En poussant, les forêts d'épicéas changèrent un paysage qui n'avait pas bougé depuis des millénaires. Elles firent disparaître les conditions de développement de nombreuses espèces locales, adaptées à un paysage ouvert, mais en favorisèrent d'autres. Dans une forêt composée exclusivement d'épicéas de Sitka, il y avait moins de mousses, de lichens et de plantes vasculaires. Certains considéraient qu'il s'agissait d'un biotope appauvri. Le hibou grand-duc avait migré vers le nord, car il avait besoin de rochers et de clairières pour tirer profit de son regard panoramique. Et l'espace sonore n'était plus le même. On entendait désormais un bruissement grave et persistant, comme celui qui enveloppait les promeneurs dans les sombres forêts de l'intérieur du pays. Nombreuses étaient les personnes qui s'égaraient parmi les milliers de troncs d'arbres dont la masse impénétrable et uniforme dominait à présent le paysage.

Par une calme matinée de décembre, les enfants décidèrent de se rendre seuls dans la forêt à la recherche d'un arbre de Noël. Ils étaient quatre : trois garçons et une petite fille. Elle s'était retrouvée par hasard dans la cour de la ferme au moment du départ et avait harcelé les garçons pour venir avec eux (*vous allez où ?*). Des congères montaient à l'assaut des murs de l'étable, et des stalactites de glace s'étaient formées sous le pont de la grange. Un des garçons fut chargé de les casser et de les distribuer aux autres, mais elles avaient un goût acide de fourrage et de crottes d'animaux et ils finirent par s'en débarrasser dans un fût en métal qui traînait à la lisière de la forêt. Puis ils continuèrent le long du chemin forestier. Les garçons ne disaient pas grand-chose, mais la fille ne cessait de parler. Elle montrait du doigt des arbres qui semblaient lui convenir (*arrêtez-vous !*), et disait aux garçons de les couper (*on prend un arbre chacun, ou on n'en emporte qu'un seul ?*). Quand elle voyait des empreintes d'animaux dans la neige, elle s'accroupissait en criant « un lièvre ! ». Et elle posait sa main sur les crottes d'élan pour vérifier si elles étaient encore chaudes et évaluer à quelle distance se trouvait l'animal, comme on le lui avait appris.

— Non. Elles sont vieilles.

Énervés par son jacassement, les garçons l'écoutaient à peine. Elle les dérangeait dans leur tâche. C'était un travail pour des garçons ou des hommes, pas pour une gamine.

Le plus âgé transportait une lourde scie à moteur sur son épaule. Il l'avait prise dans le garage de son père. Assis par terre, il avait rempli le réservoir d'essence, mais il avait mal dirigé le jet et le liquide avait formé un lac sur le sol. Il n'avait pas réussi à le nettoyer et craignait que son père ne sente l'odeur en rentrant. Il avait peur de sa colère, peur de ce qu'il pourrait lui faire.

Les autres garçons n'avaient que de modestes scies à main – celles que leurs pères accrochaient au-dessus de leurs établis et prêtaient volontiers à leurs enfants quand ils voulaient construire des nichoirs. Mais l'un d'eux avait aussi pensé à glisser dans son sac à dos un thermos de jus de cassis chaud (il avait profité de l'absence de sa mère pour se faufiler dans la cuisine). Les garçons les plus jeunes ne cessaient de lorgner la scie à moteur, car ils savaient qu'ils risquaient des ennuis. Le grand en était conscient, mais il tentait de se rassurer en se disant que l'outil lui conférait une sorte de supériorité. Qu'il lui donnait un avantage sur les autres : *moi je ne suis pas un froussard.*

Au bout d'un moment, il en eut assez de porter la scie à l'épaule. Après tout, il pourrait aussi bien la traîner derrière lui, se dit-il. Les autres voyaient la lame racler le sol, dessinant une rainure irrégulière dans la neige. Un trait lumineux et scintillant.

Arrivés à une clôture, les enfants la longèrent en direction de la mer. Un renard avait laissé ses empreintes. De l'autre côté il y avait une rivière ; des taches bleuâtres apparaissaient aux endroits où elle affleurait sous la neige. Impossible de franchir la clôture. La fille ne cessait de geindre ; elle avait les pieds mouillés. Elle mordillait ses moufles en laine pour ôter les bouts de glace qui y restaient collés – elle n'était pas assez chaudement habillée. Quand elle trébucha, elle fondit carrément en larmes. Les garçons échangèrent un regard : *ça suffit.*

— Relève-toi, sinon je te coupe la tête, dit le plus grand.

Elle sanglota :

— Tu es méchant.

Un des plus jeunes l'aida à se redresser.

— Tu peux rentrer à la maison, tu connais le chemin, chuchota-t-il.

Mais non, elle voulait rester avec eux.

Ils s'enfoncèrent dans la forêt de plus en plus dense. La fille claquait des dents et avait les lèvres blanches. Elle pleurait, mais ne voulait pas se faire consoler. Pour l'instant, ils n'avaient pas encore vu d'arbre assez beau, décréta le grand. Tous avaient un défaut. Quand il désigna enfin un arbre qui lui semblait parfait, son choix parut presque arbitraire (*attendez,* dit la fille, *attendez*, et ses mots continuèrent à vibrer dans la forêt déserte). Le grand portait un anorak bleu foncé aux épaulettes blanches, et il souriait malicieusement. À cause de son bonnet, ses oreilles paraissaient encore plus décollées. Son aspect physique lui avait souvent valu des moqueries : tout le monde l'avait vu rentrer de l'école en saignant du nez, harcelé par des garçons plus âgés et plus forts.

Il posa la scie à moteur dans la neige, tel un veau qu'on s'apprête à marquer. Puis il tira d'un coup sec sur le fil d'allumage. De petits nuages de fumée noire s'élevèrent. Un deuxième coup, et l'engin se mit à vrombir. Le garçon se releva en gesticulant. Il baissa la vitesse de rotation, laissa l'outil ronronner tranquillement et s'approcha de l'arbre. Avant de choisir un angle d'attaque, il en fit plusieurs fois le tour. La fille se bouchait les oreilles et les autres garçons se tenaient au bord de la clairière. Le grand donna des coups d'accélérateur, faisant méchamment grésiller la scie. Puis il commença à ébrancher l'arbre pour mieux atteindre le tronc. Posant la lame contre l'écorce, il appuya fort. Les copeaux de bois giclèrent, la neige et les aiguilles de pin se répandirent sur le sol. Il voulait paraître courageux, mais les autres savaient bien qu'il se faisait souvent battre parce qu'il prenait des airs supérieurs.

Les enfants n'oublieraient jamais la suite. C'était la première fois que le garçon coupait un arbre, et celui-ci était bien trop gros ; il ignorait à quelle vitesse il allait tomber. Il avait vu son père manier la scie au milieu des souches d'arbre qui se dressaient sur le tapis de mousses. Comme d'autres fils de paysans, il s'était dit qu'un jour il prendrait sa place.

Cela ne dura que quelques secondes, mais la scène n'allait cesser de défiler au ralenti sur la rétine des enfants, telles les images d'un cauchemar. Un brusque mouvement presque irréel, puis le tronc bascula vers le garçon. Son corps glissa, la scie lui échappa des mains et lui ouvrit la cuisse. Il tomba sur le ventre, gigota dans la neige profonde, n'eut même pas le temps de crier au secours, *aidez-moi, bon sang !* L'arbre s'abattit sur lui comme un piège à souris. Dans la neige, la scie continua de vrombir.

Pendant quelques minutes, il fut encore conscient. Ses compagnons tentèrent désespérément de soulever le tronc, la fille s'enfonça des échardes sous les ongles, mais l'arbre était trop lourd.

On vit les enfants revenir en courant.

1.

La danse autour de la charrue

Hans junior

Le moteur continuait de tourner dans l'obscurité. Une mer froide, couleur d'acier. Dans le champ, un homme muni d'une bêche.

Il avait sans doute imaginé que ce serait vite fait, qu'il pourrait remonter sur le tracteur sans tarder. Qu'il aurait fini de herser le champ avant le journal télévisé du soir. La pierre affleurait, mais il avait quand même mis les gaz.

Malgré la musique de son casque, il avait entendu la herse racler quelque chose. Après des heures passées sur le tracteur, il avait les doigts gourds. Oui, il roulait peut-être un peu trop vite.

En passant son doigt sur la pierre, il sentit une sorte de rayure. Due à la herse, sans doute. Mais ce n'était rien à côté de ce qu'il avait subi. Projeté en avant, il avait heurté le rétroviseur, en dépit de sa ceinture de sécurité.

Le volant lui était rentré dans le ventre.

Il se redressa. Il arrivait à respirer, mais les forces lui manquaient pour enfoncer sa bêche dans la terre.

Quand il toussa, les douleurs lui transpercèrent la poitrine. Mais rester debout en respirant n'était pas trop pénible. Alors il ne bougea pas.

Sous la puanteur aigre du gaz d'échappement, il devinait une odeur d'algues.

Un filet de sang chaud coulait sur son front, mais il finirait par sécher. Rien de grave, se dit-il. Les bris de verre lui avaient tailladé les mains. Il bougea les doigts, comme s'il essayait une paire de gants neufs.

Tout est sous contrôle, pensa-t-il. Tout s'arrangera.

Le choc violent de la herse et de la roue avant contre la pierre résonnait encore dans ses oreilles. Comme lorsqu'on fait tomber un bout de rocher dans un gouffre et que la paroi d'en face renvoie le son.

Le tracteur s'était couché sur le flanc. Pendant quelques secondes, l'engin avait semblé suspendu dans le vide. Il s'était cru dans le ventre d'un éléphant en train d'exécuter un étrange et rudimentaire numéro de cirque.

Les pattes en l'air. Applaudissements !

L'autre jour, au journal télévisé, on avait parlé d'un éléphant qui s'était échappé. Était-ce en Inde ? Ou au Pakistan ? Il avait vu de pauvres gens gesticuler et taper sur des casseroles pour essayer de chasser l'animal (cela se passait dans une grande métropole dont personne n'avait entendu parler). L'éléphant avait déboulé sur un marché, piétiné les stands, renversé des piles de melons qui se répandaient dans la rue. Son enfant dans les bras, un père avait bondi pour se mettre à l'abri. Un âne avait fait tomber son maître. La misère dans ce qu'elle avait de plus grotesque, filmée d'un hélicoptère (on voyait parfois l'ombre de l'appareil sur les toits des maisons, telle une araignée). Puis changement de plan soudain : semblable à un îlot immobile au milieu de la marée humaine, l'éléphant gisait par terre, assommé par un sédatif (à moins qu'il ne soit mort). Se frottant le menton, un policier se tenait à côté de l'animal. Il savait manifestement qu'il était filmé (petits clins d'œil en direction de la caméra). Tout à coup il s'avança d'un pas, souleva l'oreille de l'éléphant et se mit à la frapper – comme s'il nettoyait un tapis de voiture. Sans doute avait-il décidé de créer un peu d'animation.

Du spectacle.

Mollement assis, les pieds sur un tabouret, Hans junior s'était effectivement laissé divertir dans son village perdu du Grand Nord.

Il essaya de creuser autour de la pierre, d'enfoncer la bêche assez profondément pour pouvoir la soulever avec le transpalette. Et la déposer à la lisière de la forêt.

Il pensait à la radio qu'il avait passée quelques semaines plus tôt. À l'index virtuel dessinant un cercle autour d'un fragment d'os à l'intérieur de sa gencive. D'après le dentiste, ça devait être le reste d'une dent arrachée quand il était petit. Est-ce qu'il s'en souvenait ?

Non, il ne s'en souvenait pas, avait-il répondu, la bouche pleine de coton, en bafouillant comme un boxeur sonné.

Du boulot d'amateur, avait conclu le dentiste. Il n'y avait rien à faire.

Il avait de nouveau jeté un œil sur l'écran où s'affichait la radio. Le fragment d'os y apparaissait comme une ombre grise. On aurait dit une lune.

À l'époque, sa mère lui avait-elle tenu la main ?

Avait-elle attendu avec lui ? L'avait-elle accompagné dans le cabinet du dentiste, regardé sa bouche ensanglantée ?

En maniant la bêche, il passa la langue sur sa gencive.

Il n'ignorait pas qu'un accident était toujours possible. Un jour, ça lui arriverait fatalement. Même en étant prudent.

Son père était tombé du toit. Un bœuf avait donné un coup de sabot à son grand-père. Johan était resté défiguré par ce malheureux incendie.

Et lui ? Est-ce qu'il redoutait la douleur ?

Quand il avait failli se couper un doigt avec le couteau à fileter (il avait pêché plusieurs lieus noirs de bonne taille), il n'avait rien changé au programme de sa journée. Il avait nettoyé sa plaie sous le robinet de l'évier. Tout en serrant son doigt, il avait regardé le sang s'écouler. Il s'était fait un pansement avec du papier hygiénique et du sparadrap, puis il avait continué à travailler en se servant de l'autre main.

Le soir, quand il avait ôté son pansement, le papier hygiénique ressemblait à une sorte de chapeau.

Et sa plaie à une bouche mince et pâle.

En enfonçant la bêche dans la terre, il sentit la douleur irradier dans ses bras. C'était absurde de continuer comme ça, mais il ne voulait pas rester sans rien faire. Il fallait trouver une solution.

Il éprouvait aussi une sorte de colère contre la pierre.

Il avait arraché ses protège-oreilles, qui traînaient maintenant par terre quelque part (qu'est-ce qui lui avait pris ?). Il avait froid aux oreilles, et le moteur du tracteur tournait à vide.

Il pourrait marquer la pierre pour mieux l'éviter. Ficher un pieu dans la terre, avec un morceau de tissu au bout. Hisser un drapeau pour faire la paix. D'autres morceaux de rocher avaient sans doute bougé ; comment était-ce possible ?

Il frappa la pierre avec la bêche, y donna des coups de pied comme s'il voulait la réduire en miettes (mais en réalité il avait sans doute renoncé à en venir à bout).

Le moteur tournait toujours.

— J'aurais pu mourir, dit-il à mi-voix. Tu te rends compte ?

Les dents de la herse étaient tordues. Il ne pourrait pas les réparer tout seul. Il aurait peut-être pu les redresser à coups de masse, mais il détestait frapper comme un sourd.

Et pour ça il aurait eu besoin de ses protège-oreilles.

Mieux valait changer tout le bazar. S'il avait eu les moyens, c'est ce qu'il aurait fait.

L'idée lui vint de laisser tomber. Ça faisait un moment qu'il s'acharnait ; s'il s'arrêtait un peu plus tôt, personne ne s'en apercevrait. *Who cares ?*

Un éclair du phare des îles frappa le sol et balaya ses pieds. Une sorte de message, une lettre glissée dans une fente à courrier.

Il voyait des étincelles danser devant ses yeux (tel Donald Duck marchant sur un râteau et prenant le manche en pleine figure).

Maman, pensa-t-il vaguement.

Il se retourna. Il eut le sentiment de se retrouver partout et nulle part. Comme s'il pouvait choisir où aller.

Par ici ou par là.

La douleur l'élançait.

Il n'avait plus le choix.

Il s'était débrouillé seul pendant l'hiver. Il avait cessé de guetter les pas de son père dans l'escalier. Cessé de jeter un œil dans sa chambre avant de s'habiller.

Il avait fini par s'habituer au silence, à l'oreiller vide.

À son réveil, les champs et le jardin étaient envahis d'oiseaux. *De nazis,* disait son père. À la recherche de Juifs terrorisés, les pies fouillaient les tas de feuilles mortes de leur bec (comme si elles enfonçaient des baïonnettes dans les meules de foin pour débusquer l'ennemi). D'habitude, elles restaient perchées sur le faîte du toit, attendant sans doute qu'il s'écroule sur le dos, telle une brebis, pour venir le déchiqueter et nettoyer ses os.

Depuis quelque temps il prenait son temps le matin, buvait une tasse de café, puis une autre, mangeait une tartine de pain avec du jambon et de la moutarde, regardait parfois la télévision : un cuisinier en train de préparer un repas pour toute une famille.

Son père n'était plus là pour lui faire des remarques.

Quelques jours plus tôt, en se rendant à l'étable, il avait entendu l'eau de fonte couler à flots dans la forêt. Il s'était arrêté pour écouter le bruit. Dans la cour, il ne restait plus que de rares tas de neige sale. Sentant un souffle d'air chaud le frôler, il avait regardé les oiseaux ramasser des brins de paille pour construire leurs nids sur les poutres.

Depuis février, les vents avaient balayé les champs, hurlant autour de l'étable où il s'efforçait de réchauffer et de nourrir les bêtes. La pluie avait frappé les fenêtres. Il était perpétuellement fatigué. Il n'en pouvait plus. Le fragile redoux lui redonna foi en l'avenir. Il allait réveiller les champs. Sortir les machines, les graisser. Relâcher les bêtes dans une forêt dont elles se souvenaient à peine.

Dont elles avaient peut-être rêvé pendant l'hiver.

L'humidité faisait luire les murs de l'étable. Parmi les bêtes, certaines avaient été prises d'une toux que le vétérinaire n'arrivait pas à expliquer. Il s'était contenté de lui recommander de bien aérer l'étable (Hans avait entrebâillé les fenêtres). Il faudrait sans doute la drainer aussi. Mais quand ? Et avec quel argent ?

La rangée de patères de la salle de traite se détachait du mur, les vis ne tenaient plus dans les trous abîmés. Comme si l'humidité s'était infiltrée dans la structure du bâtiment. Il avait fini par l'arracher et la poser au pied du mur, où elle gisait toujours, tel un dentier.

Il avait tenté d'éliminer l'eau qui coulait le long des plinthes. Il avait apporté le radiateur du séjour – celui que son père et lui glissaient sous la table de la cuisine au cours des hivers particulièrement rigoureux – et avait poussé le thermostat au maximum. Il avait essuyé les plinthes avec du papier absorbant, avec des chiffons, avec de vieux torchons. Pour endiguer l'eau, il s'était même servi des vêtements de son père – après tout, ils ne lui étaient plus d'aucune utilité.

Il regarda sa montre, mais ne put y lire l'heure. La fonction lumière – un petit bouton sur le côté du boîtier – ne marchait plus depuis longtemps. Et le verre était fêlé.

Quelle barbe.

Il ne pouvait pas rester allongé sur le côté. Ni sur le dos ; ça lui donnait un goût métallique de sang dans la bouche. Il savait où étaient les médicaments de son père. Le pilulier. Il serra les paupières. Il le voyait dans le placard, derrière les paquets de pain azyme. Des pilules rouges et blanches dans des alvéoles de maison de poupée. Les charnières étaient usées, il avait dû fermer le couvercle avec du scotch.

L'écriture des médecins sur les petites étiquettes. À moitié effacée.

Il alla le chercher.

Dans la nuit, il descendit manger un morceau, mais ne put rien avaler.

Les médicaments s'entrechoquaient dans le pilulier. Le bruit lui fit penser à un serpent à sonnette.

Il mit en route la machine à laver et s'appuya contre le plan de travail. *Un serpent prêt à l'attaque.*

Il essaya de lire ce qui était écrit sur les étiquettes, mais les mots ne lui disaient rien. De toute manière, il les distinguait à peine. Sa vue était-elle en train de baisser ?

Il essaya de nouveau à la lumière de la hotte.

Merde.

Des instructions qui ne le concernaient pas – *Hans senior, 2 pilules par jour.* Il ouvrit le compartiment, en versa le contenu dans le creux de sa main et enfourna le tout dans sa bouche. En mâchant bien avant d'avaler. Il sentit les médicaments couler dans sa gorge tel un jus grumeleux.

L'anesthésie le gagna à partir de la nuque. D'abord il eut peur – qu'est-ce qui lui arrivait ? Puis il trouva la paix.

Ça va mieux, pensa-t-il.

Mes bêtes sont vivantes. Elles le seront encore demain.

Dans les arbres, les oiseaux chantaient comme autrefois. Au lieu d'aller directement à l'étable, il fit un détour par le jardin ; là-bas ils étaient plus nombreux et il pourrait s'en approcher de plus près.

Il se sentait plus léger. Il marchait pieds nus dans ses bottes, et les médicaments agissaient toujours (une agréable somnolence). En picotant, les oiseaux faisaient tomber des brindilles qui se répandaient dans le jardin.

D'après son père, les arbres étaient moribonds ; il avait voulu les couper avant qu'ils ne s'écrasent sur la maison. Mais le vieux avait toujours été trop raisonnable, et Hans junior les aimait bien, ces arbres. Pas question de les abattre.

Il s'imaginait qu'ils agitaient leurs branches pour lui souhaiter bonne nuit.

De sa main, il effleura le fil à linge tendu entre les arbres. De temps à autre, le vent le faisait vibrer ; un bruissement strident qui le réveillait parfois. Depuis tant d'années, il aurait pourtant dû s'y habituer.

Il s'arrêta. Le fil s'était incrusté dans le bois (dans le tronc, ou dans l'écorce aussi rugueuse que la peau d'un gros animal). Il était en train d'étouffer l'arbre. Ou alors c'était l'arbre qui l'étreignait. Qui poussait tout autour.

Sa mère y suspendait les draps. Petit, il aimait courir entre les draps mouillés, les sentir contre son visage.

Regarder la bassine rouge posée contre l'arbre.

Chevilles nues et doigts tachés de jus de poire.

Elle disait non, ne fais pas ça. Mais il le faisait quand même.

Quand son père évoquait sa femme, c'était sous forme de confessions brèves et hésitantes.

On aimait se baigner, disait-il parfois. On aimait regarder les bêtes quand elles sortaient de la forêt.

On a quand même vécu quelques belles années. On se disait qu'on n'aurait pas d'enfants, qu'on ne pouvait pas en avoir. Puis tu es arrivé.

Ta mère était si heureuse d'avoir un petit garçon.

Quand ils allumaient un cierge sur sa tombe – au début, ils y allaient souvent – son père pleurait toujours. La solitude le faisait souffrir.

Pour toi, ce n'est pas pareil, disait-il à son fils. Tu ne l'as presque pas connue. Mais moi je l'ai connue. C'est pour ça que je pleure.

Hans se dirigea vers le groseillier à maquereau, qui disparaissait sous les broussailles. Il aurait fallu le dégager. Sauf à se dire que ce serait désormais ainsi : la végétation pousserait plus librement. Il ne pouvait pas passer son temps à tailler les arbustes. Pour cela, il lui aurait fallu de l'aide. Et il n'avait personne.

Pouvait-il se résigner à laisser les choses en l'état ?

Les baies n'allaient pas tarder à tomber. Certaines pourrissaient déjà dans l'herbe.

Les *nazis* finiraient bien par les manger.

Il cueillit une groseille. Les épines de la branche égratignèrent sa veste, telles des dents de poisson. Il pressa la baie entre ses doigts. Comme un cœur de cabillaud fraîchement arraché, dont il aurait voulu vérifier s'il battait encore (quand il était gamin, ça l'amusait beaucoup, et il continuait sans doute à y prendre plaisir).

Il glissa la baie dans sa bouche, la croqua, sentit la peau éclater et la pulpe jaillir.

Quel goût avait-elle ? Celui d'un vin madérisé ?

Il poursuivit son chemin jusqu'à la partie la plus reculée du jardin. Parfois il y passait la tondeuse à gazon, mais sans s'appliquer. La mousse était souple, agréable sous les pieds, et les cachettes y étaient nombreuses. Un pépiement ? Ce devaient être des hirondelles. Il se dit soudain que tout cela n'était pas si mal ; il pourrait peut-être transporter les meubles de jardin jusque-là, ça lui permettrait de voir le paysage sous un autre angle.

Autrefois ils avaient aimé s'y cacher, lui et ses copains. Entre les groseilliers. C'était un endroit parfait pour ne pas être vu.

Rester assis sans bouger, en observant un insecte vert sur son genou.

Rose après rose après rose.

Courir à l'ombre du marronnier.

Il se dirigeait tranquillement vers l'étable quand le bruit d'un avion se fit entendre. Il tenta de localiser l'appareil. Il s'imaginait que les pilotes prenaient sa ferme comme repère avant de déplier le train d'atterrissage. Il aimait bien les regarder faire. Et adresser un signe de la main aux avions pour souhaiter la bienvenue aux touristes visitant son royaume. Mais il ne put lever les bras. Quand l'avion perça les nuages, il dut se contenter de le suivre des yeux. On le voyait, de là-haut ? En cherchant du regard la piste d'atterrissage, un enfant l'avait-il aperçu ?

Les roues étaient déjà visibles. Une fine traînée de condensation gris clair. Un bruit régulier auquel les hommes et les bêtes s'étaient habitués depuis longtemps. Quand l'avion passa au-dessus de sa tête, il se retourna et le vit dessiner une courbe jusqu'à l'autre rive du fjord. Il l'entendit déclencher les freins, les vagues de bruit se répandirent avec un retard croissant dans le paysage ouvert.

Un petit dessin dans le gravier.

Au besoin, il parviendrait à se débrouiller avec une seule main. Il souleva le foin et en remplit le distributeur de fourrage.

Il fit une pause, se reposa un peu en admirant la machine compliquée dont la tâche était finalement assez simple : déchiqueter les balles de fourrage pour permettre aux bêtes de le manger. Junior vouait une reconnaissance éternelle aux machines. Pour qui la ferme était-elle là, finalement ? Pour les bêtes qui attendaient à l'étable. Elles attendaient toujours quelque chose. Mais quoi ? L'accès aux champs ?

Il jeta une nouvelle fournée dans la machine.

Sa transpiration coulait, mais il aimait bien se dépenser.

Les bêtes voyaient le foin se déverser.

Il arrêta la machine, posa la fourche contre le vieux tracteur et contempla les bandes de ciel blanc apparaissant dans les interstices du toit. On aurait dit du mastic. Croyant entendre le bruit d'une voiture, il se retourna pour accueillir les visiteurs, mais il comprit vite que c'était la pluie qui martelait les plaques en fer-blanc.

Appuyé contre le chambranle, il observait le pont de la grange et la forêt d'épicéas en face de l'étable. L'eau entraînait de la terre et du sable en direction de la porte. En automne, un petit lac s'y était formé. Il faudrait poser des tuyaux de drainage pour faire passer l'eau sous la route, avait dit son père.

Sinon t'en auras plus, de route.

Et des feuilles mortes bouchaient les gouttières. On aurait dit qu'une bande de canailles avait envahi le toit, crachant de l'eau sur le pont de la grange.

Il faudrait prendre la grande échelle, y ajouter toutes les rallonges et éliminer les saletés (l'eau giclait contre les tiges de ses bottes).

La pluie faisait ployer les orties et creusait des rivières dans le chemin de l'étable. Elle était en train d'emporter toute la terre qu'il venait de ramener à coups de bêche. Il sortit son casse-croûte – une tartine enveloppée de papier sulfurisé. Il ne pensait à rien. La tartine faisait peine à voir, il l'avait préparée il y a plusieurs jours. Pas eu le temps de la manger : il avait dû aller chercher un élan mort avec le tracteur pour le déposer sur la grève.

Sa salive se mélangea au pain sec et finit par le dissoudre.

Devant lui se dressait la forêt, sombre et dense.

Il avait observé l'élan. Les mouettes étaient arrivées, arrachant la viande avec leurs becs, les crabes leur avaient succédé, puis les insectes avaient accouru. Essaimant autour de l'animal imposant, ils s'y étaient attaqués avec leurs rostres et leurs sécrétions corrosives. Au bout de quelques jours, le cadavre avait pris une teinte glauque et les vers y grouillaient. Ça puait comme un chaudron à boudin frotté à la térébenthine. C'était un monument de chair pourrie dont les orbites vides servaient de portes d'entrée.

Le bruit de la pluie contre les plaques en fer-blanc résonnait dans le silo vide, et les hirondelles pépiaient sous les poutres. Elles avaient apporté des morceaux de glaise, des brindilles, des brins de paille. À leur départ, il retrouvait leurs nids par terre, tels des bols en céramique provenant d'une tombe du Moyen Âge.

Il se réjouissait de les voir revenir chaque année. Elles connaissaient sa ferme, sa grange, sa vie. Il aimait leur légèreté, quand elles construisaient leurs nids pour les oisillons qui allaient éclore.

Son père disait toujours que le vent faisait résonner la ferme. Junior avait imaginé un géant arrachant la maison de ses fondations pour souffler dans la cheminée (autrefois il avait été amoureux d'une fille jouant de la flûte traversière).

Son père disait aussi que, dans le temps, les baleines nageaient si près de la côte que les enfants pouvaient leur caresser le ventre.

Et il ajoutait que les sorcières se promenaient à la recherche de garçons comme lui.

Alors il avait intérêt à être sage.

Il finit sa tartine. Le fromage était moisi, il recracha la dernière bouchée dans sa main et l'examina avant de la jeter.

À quoi venait-il de penser ?

À la flûte. Et au géant.

Il aimait également imaginer que les cataractes, comme celles qui l'avaient tant fasciné dans les bandes dessinées, cachaient un monde secret. Un monde paradisiaque.

C'était là qu'il voulait aller.

Il tourna l'interrupteur. Les néons se mirent à siffler, comme si des mites s'y débattaient. Sous l'effet de la lumière, les veaux se redressèrent sur leurs pattes. Leurs mères tendirent le cou vers la porte, le corps ankylosé d'avoir passé tout un hiver debout ou couchées.

La lumière clignotait ; un scintillement bleuâtre.

Vous ne pensiez tout de même pas que je vous avais oubliés ?

Depuis des siècles, on soignait les bêtes. Junior ne faisait que perpétuer des gestes imaginés par d'autres hommes, en d'autres temps. Parfois il avait le sentiment que le troupeau n'était pas là, qu'il se trouvait en réalité ailleurs, dans un lieu où il existait avec une intensité plus grande. Qu'il évoluait dans des forêts à lui, sous des cieux à lui.

Il alluma la radio, fit lentement le tour de l'étable, passa un doigt sur le rebord de la fenêtre. Il hésita, réfléchit. La peinture s'écaillait, devenait friable. Par endroits, elle formait des cloques. Une poudre blanche recouvrait le sol. Il ignorait d'où elle pouvait venir.

Les bêtes étaient les descendantes de celles qui les avaient précédées, elles lui semblaient faire partie d'un troupeau immémorial. Leurs ancêtres avaient porté des noms que l'on n'entendait plus, le paysage avait été façonné par leurs déambulations, par les efforts des hommes pour en tirer leur subsistance. Des sentes étaient apparues dans l'herbe fraîche de l'été, des chemins conduisaient aux clairières où les vaches aimaient se reposer. Elles frottaient leur tête contre les arbres, se grattaient et se léchaient. Lors des journées ensoleillées – il avait hâte que le soleil revienne – il les voyait s'allonger entre les tumulus, dans l'ombre mouvante des arbres tordus. Elles y ruminaient une herbe délicieuse.

Il enfonça la fourche dans le foin et le répandit sur le sol.

Quand il arriva à l'autre bout de l'étable, les bêtes près de l'entrée avaient poussé une partie du foin vers l'allée centrale, où leurs chaînes les empêchaient de l'attraper.

De petits oiseaux étaient perchés sur les montants en fer.

Il caressa la vache la plus proche, une excellente laitière. Elle trembla légèrement quand il la toucha. Puis elle leva la tête et le regarda, la bouche pleine de foin. Il devina son propre reflet dans ses yeux noirs.

— Bonjour, dit-il. Ça va ?

Comme elle ne pouvait lui répondre, elle se contenta de happer un peu de foin. Son corps travaillait comme un tambour.

Elle prit une autre bouchée.

Une tache dans sa robe marron lui faisait toujours penser à la Sicile (son père ne manquait jamais de lui rappeler que la Sicile était le « ballon de foot » de l'Italie). Il avait toujours rêvé d'y aller, de se perdre dans les montagnes de l'intérieur, de cueillir des citrons sur les arbres et de se trouver une plage où il pourrait se baigner sans avoir froid.

— Bien dormi ?

Junior redressa le dos et parcourut l'allée centrale. Les bêtes firent à peine attention à lui.

De tout temps, les gens avaient regardé leurs bêtes manger, pensa-t-il. Un misérable éleveur de chèvres dans l'Allemagne du Moyen Âge. Un gardien de porcs pendant la Révolution russe. Les nombreux pasteurs à l'époque du Christ. Des bêtes qui mangeaient, ça voulait dire quelque chose : le travail était terminé, on ne s'était pas démené pour rien (comment diable arriver à trouver autant de nourriture ?).

On allait pouvoir continuer.

Tu peux te féliciter, ta journée s'est bien passée.

Tu peux rentrer tranquillement.

Il était content lorsque les journées prenaient fin ainsi. Content d'entendre les bruits se calmer, de pouvoir se promener en paix. Content de souhaiter bonne nuit aux bêtes. Le murmurer à travers un interstice, tel un code.

Il pensa à son grand-père. « S'il faut soutenir les vaches pour les faire sortir, c'est qu'on les a trop nourries », disait celui-ci. Hans avait bien vu qu'elles étaient à la peine. Elles ne voulaient pas obéir, mais n'avaient pas le choix. Une bête n'a aucune conscience de soi, elle ne sait pas ce qu'elle peut exiger.

Il passa devant la stalle vide (une bête était morte et n'avait pas été remplacée) et ouvrit la porte de l'étable. Il faisait doux, et l'air était pur.

Un vanneau huppé sautillait dans la boue.

Une espèce menacée.

L'hiver froid et tenace était derrière lui. Il avait pris tous ses repas devant le poêle du séjour en laissant la porte du foyer ouverte (le feu avait fait un trou dans son pantalon). Il avait allumé des bougies pour mettre de l'ambiance, mais la cire avait coulé sur le dessus du poêle. En la grattant, il avait abîmé l'émail.

Les journées avaient été pénibles. Quand il se levait trop tôt, ça n'allait pas. S'il traînait au lit, ça n'allait pas non plus. Il s'était concentré sur le travail. Pour en venir à bout.

Il avait déblayé la route jusqu'au rond-point, où le chasse-neige de la municipalité était déjà passé (laissant un dessin en forme d'éventail à l'endroit où il avait fait demi-tour).

Puis il s'était promené en voiture.

Il lui arrivait d'acheter un hot-dog à la station-service et de s'installer à une des tables hautes près de la baie vitrée. On y trouvait les journaux du jour. Il regardait les gens aller et venir en se demandant qui ça pouvait être – il fallait bien penser à quelque chose. Il écoutait les clients bavarder, suivait des yeux les jolies employées et s'arrangeait toujours pour partir avant que sa présence ne commence à intriguer les gens. Avant qu'ils ne se demandent à leur tour qui il pouvait bien être.

Pendant le journal télévisé il n'avait pas cessé de neiger. Fallait-il commencer à déblayer ou attendre que la neige s'amoncelle ? Il regarda la météo et se prit à souhaiter qu'on lui passe un coup de fil pour lui donner un ordre (son père avait réussi à lui éviter le service militaire sous prétexte que « le garçon était en deuil »). Il finit par éteindre la télévision, enfila un pantalon en laine, mit ses gants de travail doublés et la chapka de son père. Sur le chemin de la grange il s'enfonça jusqu'aux chevilles dans la neige fraîche. Après avoir fixé le chasse-neige sur le tracteur, il démarra. Une fois en route, il se sentit plus léger. Il se dirigea vers le nord (en croisant d'autres déblayeurs, il leva un doigt pour les saluer, tel un chauffeur professionnel).

Un soir, il poussa jusqu'au cimetière, amassant de gros tas de neige mouillée sur le bord du parking. Pour bien les égaliser, il descendit du tracteur et continua le travail à la pelle.

La flèche de l'église lui fit penser à une aiguille à tricoter glissée dans un chignon de femme.

Sans doute à cause de l'angle de vue.

Des gens avaient allumé des cierges pour leurs êtres chers. Quand la neige recommença à tomber, il ne vit plus grand-chose. Il ferma les yeux, ouvrit la bouche et y laissa fondre la neige. Il avait terminé, mais ne voulait pas rentrer. Pas tout de suite. Des cierges éclairaient une allée. Il s'y engagea. La tombe de ses parents se trouvait tout au bout, près du mur d'enceinte. Il déblaya la neige et fit apparaître les oiseaux sculptés dans la pierre. On aurait dit des moineaux sur une mangeoire à passereaux.

Il se rendit à un goûter dans la salle polyvalente, près du stade enneigé (il avait reçu une invitation par SMS).

Les tables débordaient de piles de gaufres et de bols en métal remplis de confiture de fraises. Il prit une gaufre, y étala du beurre et de la confiture. Ses mains tremblaient d'avoir serré le volant.

La cuillère en plastique était trop petite, c'était énervant.

— C'est trop riche en crème, dit une voix.

Quelqu'un lui donna une tape sur l'épaule et lui présenta ses condoléances, sans même lui laisser le temps de répondre. En mordant dans sa gaufre, il fit dégouliner la confiture sur ses doigts. Impossible de serrer la main à quiconque.

Johan avait également été invité, lui dit-on. Mais il n'avait pas répondu.

Lui était-il arrivé quelque chose ? Hans était-il au courant ?

Non, il ne l'avait pas vu depuis longtemps.

— Et toi, Hans, tu tiens le coup ?

— Oui.

— Il devait bien t'aider, ton père.

— C'est vrai.

— Mais tu t'accroches, hein ?

— Oui.

— C'est toujours triste de les voir partir. Cela dit, il devait être fatigué, il a travaillé dur toute sa vie.

Hans ne pouvait le nier.

— Et il arrive un moment où on ne peut plus continuer.

— En effet.

— C'est souvent comme ça. On peut enfin se reposer, et puis…

Junior s'en alla. Mordillant son gobelet en carton, il se tint à l'écart, laissa les conversations envahir la pièce sans essayer de s'y joindre. Il évita les regards, lécha ses doigts pour les nettoyer. Son père n'aurait pas aimé qu'on l'évoque de cette façon.

On n'est rien pour eux, disait-il toujours. Maintenant il n'y a que toi et moi. On se débrouille très bien tout seuls.

Hans regarda la neige fondre sur ses chaussures d'hiver. Les gens marchaient dans les flaques, la vapeur de condensation rendait les vitres opaques, on préparait une nouvelle fournée de gaufres. Il écrasa son gobelet entre ses doigts et le jeta dans un seau rempli de gobelets semblables.

Il ne fallait pas tarder à évacuer la salle, une soirée devait s'y tenir le lendemain. Hans prit une chaise et la posa en haut d'une pile qui se dressait au milieu de la pièce, telle une colonne vertébrale tordue. Les employés municipaux étaient déjà en train de ranger. Allant et venant dans leurs grosses bottes, ils pliaient les tables et les posaient sur des chariots. Un gars avait déniché un balai à franges et nettoyait énergiquement le sol mouillé.

Parmi eux, plusieurs étaient invités à la soirée du lendemain.

Finalement, ce fut Hans qui tira le chariot de chaises jusqu'au débarras derrière la scène. Il le poussa contre un pupitre orné des armes de la municipalité. Une carte illustrée de crèmes glacées y était posée ; la plupart des images étaient barrées d'un trait d'encre de Chine. Une vache en carton était rangée dans un coin.

Puis ce fut le départ. Chacun regagna son tracteur ou sa voiture.

En rentrant, il fit un détour chez Johan pour voir si tout allait bien. Il en profita pour déblayer la neige, puis il gara le tracteur devant le vieux hangar à machines. Si Johan était là, il sortirait, se dit-il. Ne serait-ce que par curiosité. On tient toujours à savoir qui débarque (des gens bienvenus ou à éviter ?).

Personne sur le perron. Aucune trace de pas dans la neige. Un fin panache de fumée s'élevait de la cheminée.

Il coupa le moteur, descendit et frappa à la porte. Il finit par la pousser ; elle n'était pas fermée à clé. Ce n'était pourtant pas son genre de pénétrer chez les autres sans y être invité.

— Johan ? cria-t-il dans le couloir glacial. Johan ?

Des vestes étaient suspendues aux patères. Un mini-réfrigérateur Red Bull ronronnait.

Une ampoule nue diffusait une lumière bleutée.

— Johan ?

Il referma la porte, sortit dans la neige et fit le tour de la maison. À l'arrière, une rangée de fenêtres donnait au sud. Il était là. Johan somnolait devant la télévision, une main tendue vers un bol de chips.

L'écran était tout vert.

Le soir du réveillon de Noël, il racla la chair d'un maquereau fumé, fit cuire un steak haché et se coucha avant dix heures. Il n'eut même pas le courage de fouetter de la crème pour son chocolat chaud (et il n'allait pas s'abaisser à boire la crème directement au carton). Au Nouvel An, il se réveilla à minuit. Il regarda le feu d'artifice éclairer l'obscurité au-dessus du nouveau lotissement, mais n'entendit pas les détonations.

Il resta un long moment auprès des bêtes, car il aimait bien l'idée de veiller sur des êtres vivants. Si jamais une fusée atterrissait sur le toit en tôle ondulée, il pourrait l'éteindre immédiatement. Il roula une cigarette avec le tabac de son père (sa blague à tabac était cachée derrière les tubes de graisse à traire). En fumant, il se dit que son père prenait définitivement congé de lui, que les volutes qui s'envolaient étaient les lambeaux de son âme. Il remplit ses poumons et souffla tranquillement. Il avait vu un documentaire sur les rites funéraires en Asie : les hommes saints y considéraient que la fumée permettait de passer d'un monde à l'autre.

De communiquer avec les morts.

Tu es là ?

Il laissa tomber son mégot par terre et l'écrasa avec son pied. Quand il fut certain qu'il était éteint, il le ramassa et le glissa dans sa boîte d'allumettes.

Le lendemain, il découvrit des fusées tout près de la maison. Deux ou trois têtes de fabrication chinoise. Ce devait être Johan, pensa-t-il.

Il les emporta au garage, gratta les restes de poudre avec un petit couteau et les réunit sur une planche en bois qu'il posa sur les marches du grenier sur pilotis. Puis il imbiba de térébenthine un bout de ficelle, y mit le feu, se posta à une cinquantaine de centimètres et regarda la flamme avancer. Mais il n'y eut qu'un léger sifflement accompagné d'une odeur de soufre et d'une petite lumière bleue.

D'un coup de pied, il fit tomber un peu de neige sur la planche. Ne sachant que faire, il retourna à la maison.

Quand il prit la voiture pour se promener un peu, il vit les rampes de lancement le long de la route. Les bas-côtés étaient jonchés de bouteilles vides et de bouchons de champagne, et la neige était noire de suie. Il s'arrêta pour nettoyer les saletés, mais finit par y renoncer. Ce n'était pas son boulot.

Il mit les fusées dans un sac et les emporta à la maison.

Puis il fit une nouvelle tentative (il avait trois fois plus de poudre que la dernière fois), mais le résultat fut tout aussi décevant : la mèche fit long feu.

Il n'était qu'une heure un quart.

Le lendemain, ça tombait encore dru. Il balaya l'étable, déblaya de nouveau la route, ne vit personne. Pataugeant dans la neige, il traversa le champ jusqu'aux rochers, où la marche était plus facile. Il découvrit des empreintes de loutre – ça y ressemblait, en tout cas. Les animaux s'étaient laissés glisser sur leur queue, traçant des toboggans dans la blancheur.

Des empreintes de renard. Des crottes de lièvre.

Dans la baie, de jeunes lieus noirs pointaient à la surface.

Il fit demi-tour. Les fenêtres de l'étable brillaient comme si l'on y faisait la fête (il sourit en imaginant des gens déguster des canapés et boire des cocktails au milieu des vaches). Il entra par la porte de derrière, qu'il ne fermait jamais à clé.

Les bêtes l'observaient.

Prépare-toi, pensa-t-il.

Certaines s'étaient mises debout. Elles se tenaient de biais dans leurs stalles.

— C'est moi, chuchota-t-il. Vous me reconnaissez, n'est-ce pas ?

Le camion de lait se devinait telle une ombre sur le rideau. Hans ne put sortir à temps (il était en train d'éplucher des pommes de terre sous le robinet) ; il le vit tourner près du pont d'accès à la grange et reculer jusqu'à la porte de l'étable. Est-ce que tout était prêt ? Il se figea : l'avertisseur de marche arrière résonnait déjà.

Pendant quelques secondes on aurait pu croire que le camion roulait tout seul, tel un véhicule téléguidé depuis une salle de commande enfermée dans un bunker (un joystick, un tapis de souris, une cannette de Coca).

Ça nous pend au nez, disait toujours Hans senior. Un monde sans hommes, où les ordinateurs font tout le boulot. Nous, on n'y sera que des spectateurs.

La portière s'ouvrit et le chauffeur descendit. Courant le long de la cuve du camion, il déroula le tuyau, le traîna derrière lui jusqu'à l'entrée de l'étable et continua par l'allée centrale. Hans se dit qu'il aurait dû le rejoindre, bavarder un peu avec lui. C'était le même homme que d'habitude, un type sympa. Il était letton, c'était bien ça ?

Une génisse penchait la tête par-dessus sa stalle. Le tuyau serpentait à travers l'allée centrale. Il vibrait.

Dans un quart d'heure, le chauffeur allait quitter l'étable et débrancher le tuyau. Puis il le plongerait dans le lait d'autres animaux.

Hans était dans la cuisine quand on frappa à la porte. Il entendit une voix crier :

— *Hans ? Hans ? Are you there*[1] *?*

— *Yes, yes.*

1. En anglais dans le texte.

L'homme le dévisagea.

— *Everything good ?*

— *Good and good…*

— *You are OK ?*

— *Yes… Here is just fine. I was on the toilet.*

L'homme sourit.

— *Here is the message*, dit-il en lui tendant un bout de papier.

— *OK.*

— *Information. Numbers.*

Hans s'apprêtait à dire quelque chose, il aurait voulu continuer à bavarder, mais l'homme descendait déjà les marches (il avait encore du chemin à faire).

Un bourdonnement d'orgue s'éleva du cockpit, puis le camion fonça vers le haut de la colline et disparut entre les arbres. On aurait dit un gigantesque scarabée.

Sur le papier figuraient les données de l'échantillon test. Teneur en graisses, en protéines, point de congélation.

L'écriture était presque illisible. Par endroits, le papier était troué, comme si on l'avait posé sur un support souple. Sur une cuisse, peut-être. Les chiffres étaient tracés à l'encre bleue, de manière presque agressive.

Mes bêtes.

Une coulée de lait bleuâtre sur le sol. Un courant d'air traversa l'étable, frôla les bœufs, caressa les vaches, abîma un peu plus l'étanchéité des fenêtres, fit claquer une porte, feuilleta des modes d'emploi de machines mises au rebut depuis longtemps et s'échappa par la porte d'entrée.

Hans parcourut l'allée centrale, donna des tapes sur les têtes qui dépassaient, fit reculer les bêtes jusqu'au fond des stalles. Mais il se rappela qu'elles étaient fragiles – comme des plantes poussées trop vite, dont les tiges se brisaient – et ses gestes se firent plus délicats.

Une giclée d'urine éclaboussa le béton.

Le vent referma avec fracas une lucarne du toit. Les bêtes sursautèrent, certaines se redressèrent (tels des soldats au garde-à-vous) et se mirent à trembler. Quelle importance qu'elles soient debout ou couchées quand on viendra les chercher ? pensa-t-il.

— Ce n'est que le vent, dit-il à mi-voix. Pas de quoi avoir peur.

Il passa le jet dans la salle de traite (les chaussures du chauffeur y avaient laissé des traces de boue), fit venir les vaches, brancha la trayeuse, nettoya le fumier. Puis il remplit les auges et effaça la journée d'un coup de balai.

2.

Un homme d'action

Hans senior

À soixante-dix ans passés, il s'occupait encore de la ferme. À la fin, il avait le sentiment de ne tenir que par défi. Appuyé sur un pieu de clôture, il scrutait les champs, où son fils travaillait. Il aurait dû devenir père plus tôt, pensa-t-il. Il avait prévu de lui transmettre la ferme avant d'être complètement usé, ça lui aurait permis de l'aider pendant la période de transition. Mais rien ne s'était passé comme il l'avait espéré.

Magnhild était morte.

Il s'était dit que son expérience était inappréciable. Après avoir labouré les champs pendant tant d'années, après avoir rentré récolte après récolte, il connaissait chaque parcelle de ses terres. Il était irremplaçable (sans doute avait-il peur d'être remplacé). Il ne pouvait pas s'arrêter comme ça. En regardant son fils travailler, il avait pourtant l'impression de ressembler aux feuilles mortes que le vent faisait voler dans la cour. Ou à un arbre de quatre siècles étouffé par la jeune forêt sombre.

— Je peux encore me rendre utile, avait-il dit un soir à son fils.

— Je sais, avait répondu celui-ci.

Par politesse.

— La confiance, c'est important. La coopération, c'est l'alpha et l'oméga.

Son fils n'avait pu qu'acquiescer.

— Il faut avoir confiance en toi.

Il avait pris l'habitude de caresser la tête de son fils quand il parlait de choses importantes. De l'histoire de la ferme, ou de son avenir. De leur place dans l'univers (une nuit il s'était réveillé, persuadé que Dieu lui avait parlé). Son propre père avait fait pareil et il tenait à perpétuer la tradition.

Mais un soir, son fils s'esquiva. Ils restèrent là à se dévisager. Puis Hans senior tendit la main et parvint à lui donner une tape sur l'épaule. Il sourit à son garçon en se disant qu'il lui aurait fallu un père plus jeune.

Hans junior approchait de la trentaine. Nombreux étaient ceux qui pensaient qu'il n'avait pas vraiment vécu, qui le trouvaient… immature, tout simplement. On disait qu'il avait passé trop de temps à trotter derrière son père, qu'il aurait dû gagner son indépendance, faire ses propres choix. On le trouvait beau gosse ; des femmes avaient bien tenté de fendre son armure, mais sans grand succès. Elles s'étaient rendues à la ferme et avaient dû repartir penaudes (dans les champs, le père avait gueulé « Junior travaille »). Quand on l'invitait à des soirées, il se tenait à l'écart en observant les autres.

Si une fille lui adressait la parole, il ne savait plus où se mettre (il y en avait pourtant qui trouvaient son bredouillement charmant).

Il ne savait pas ce qu'il voulait.

Elle buvait du porto au goulot d'une bouteille de limonade que sa copine et elle avaient fait passer en douce par une fenêtre du vestiaire. Elle se racla la langue pour faire disparaître le goût de sucre au cas où elle aurait l'occasion d'embrasser quelqu'un (elle n'avait jamais réussi à s'habituer à la bière).

— Reste pas là à le fixer des yeux, dit sa copine. Et arrête ce truc avec ta langue, ça me dégoûte.

— Mais comment je peux l'aborder ?

— Tu le rejoins, tu dis salut. Puis tu lui diras comment tu t'appelles.

— Il sait comment je m'appelle.

— Il boit pas ?

Non, il ne buvait pas, il était là, son Pepsi à la main. Des flashes de lumière stroboscopique lui éclairaient le visage. Elle le voyait marquer le rythme en frappant du doigt sur sa cannette.

Il était arrivé avec un copain, mais celui-ci l'avait abandonné. De temps à autre, le copain surgissait pour lui donner une tape sur l'épaule et lui crier des choses à l'oreille. Junior hochait la tête. Pour cacher son embarras.

Il avait remonté les manches de sa chemise. Ses bras étaient musclés et bronzés. Ah, se faire soulever par un homme pareil ! pensa-t-elle. En dansant, elle tenta de l'attirer vers le centre de la piste. Elle lui prit les mains, mais il se raidit, secoua la tête, et elle finit par y renoncer. Elle le vit se pencher en arrière, plier la jambe droite et poser un pied contre le mur. Debout sur un seul pied, il parut plus inaccessible que jamais.

— Je ne sais pas ce qu'il veut, dit-elle à sa copine.

Celle-ci était déjà passablement ivre, et ses conseils ne lui étaient plus d'aucune utilité.

— Ils vont bientôt fermer, cria-t-elle, les lumières clignotent, le bar ne sert plus. Vas-y, dis-lui que tu veux te faire caresser la fourrure.

Sa voix était pâteuse.

Elle traversa le local, se glissa entre les tables, tendit les bras, lui prit la main.

— Viens, je vais te montrer quelque chose.

Il résista, mais elle sentit qu'il allait céder. Il est timide, pensa-t-elle. Elle savait s'y prendre avec ces gens-là (elle prétendait même savoir parler aux chevaux). Sans le regarder, elle l'entraîna. Il se laissa faire. *Tu te fais remorquer jusqu'au port,* dit une voix. *On dirait*, répondit-il. Ils se frayèrent un chemin parmi les gens qui attendaient leurs manteaux au vestiaire. Un type en sweat à capuche rampait dans son propre vomi (des pâtes torsadées nageant dans une sauce d'un vert bilieux). *Margreeeethe*, hurlait-il. Un copain tenta de le remettre debout. Viens, dit-elle, n'aie pas peur. Son cœur battait la chamade, elle avait l'esprit embrumé, elle n'avait qu'une seule envie : glousser, être libre. Mais elle refusa de le lâcher, et ils se retrouvèrent dehors, sur la rampe d'accès pour fauteuils roulants. Elle l'obligea à courir : une sorte d'accélération amoureuse. Elle avait vu plusieurs fauteuils garés sous la lumière stroboscopique ; leurs propriétaires se dandinaient sur la piste de danse, aidés par des soignants musclés.

— Viens, dit-elle.

Derrière la salle polyvalente se trouvait une aire de jeux où elle emmenait parfois les enfants de la maternelle (elle y travaillait en attendant de commencer ses études à l'école normale de Levanger). Il y avait des bancs pour s'asseoir, les gosses y mangeaient leurs tartines, jouaient en bordure des champs, faisaient des lancers d'anneaux sur un pieu en fer armé.

Des gens se tripotaient déjà. Des mains d'homme se glissaient telles de grosses araignées dans les soutiens-gorge, les regards se voilaient sous l'effet du plaisir, de la peur ou de la fatigue. Tous avaient des gestes lents et paresseux, comme s'ils avaient bu à une source empoisonnée.

— Ici, dit-elle.

— Tu es qui ? demanda-t-il en la dévisageant.

— Tu peux m'appeler comme tu veux.

— Alors je t'appellerai Margreeeethe.

— Ça me va. Moi je t'appellerai Mazout.

Il la regarda d'un air stupide :

— Pourquoi ?

— Tu ferais bien de te poser la question.

Puis elle ajouta :

— T'es pas comme les autres.

— Les autres, ils sont comment ?

— Ivres et en chaleur, avec un doigt dans mon slip.

Il sourit.

— Et toi ? T'es pas ivre et en chaleur ? Moi, je bois pas, dit-il sur un ton de défi.

— Moi, je bois.

— Ça sc voit.

— Tu comptes pas m'embrasser ? Ou alors, t'embrasses pas ?

— Parfois, si.

Elle commença à se lasser de frapper à la porte de cet homme. Mais il se pencha au-dessus d'elle.

— Bon, tu vas avoir droit à un baiser.

Et il posa ses lèvres sur son front.

— C'est tout ? demanda-t-elle.

— On verra une autre fois.

Sa bouche était si sombre. Pleine d'odeurs nocives, pensa-t-il en s'éloignant.

Johan vint le rejoindre. Il titubait. Des gens dansaient dans les champs de blé. Un chien aboyait au loin.

— T'as pu baiser ? demanda Johan quand ils montèrent dans la voiture.

Il n'eut pas besoin de répondre. Quand il tourna la clé de contact, Johan dormait déjà. Sa cannette s'était renversée, la bière éventée se répandait à ses pieds.

Pendant un moment, elle le suivit des yeux. Elle n'était plus certaine de revoir cet homme, ni même d'en avoir envie. Elle avait pourtant dit qu'un de ces jours elle passerait chez lui, et il avait répondu OK.

Elle entendit sa copine l'appeler. Elle sourit.

— Ah, t'es là, dit la copine. Ça a marché ?

Elle se laissa entraîner vers une voiture. On lui passa une veste qui n'était pas à elle, ses mains étaient glacées. Puis un type aux cheveux en brosse l'emmena au ferry à 120 km/h.

*

On n'avait toujours pas pu définir quel serait le rôle de son père. On ne pouvait quand même pas le mettre au rebut, le confier à d'autres. Il fallait lui permettre de rester dans cette ferme qu'il aimait tant, qu'il avait passé sa vie à bichonner.

Ma maison, disait-il quand il était encore dans la zone grise de la semi-retraite.

M'enlève pas ça.

À l'époque, Hans junior n'avait pas senti l'angoisse dans la voix de son père. Il ne s'était pas rendu compte qu'il cherchait à tâtons les produits de la salle de bains, que sa vue baissait, qu'il se ratatinait comme un grain de raisin tombé au sol.

Il s'était dit qu'il arriverait à y faire face. Qu'il ne le laisserait pas tomber. À l'étable, son père continuait à occuper sa place habituelle. Il se reposait sur le banc en regardant Junior travailler. Certains jours il lui criait des ordres, comme si son fils était un garçon de café ; le lendemain il se promenait doucement entre les stalles, caressant les bêtes de ses mains tremblantes comme s'il voulait en prendre congé (la plupart du temps, il cachait ses mains dans les poches de sa combinaison).

Un soir, en rentrant (il avait plu, sa combinaison était mouillée, il voulut la mettre à sécher devant le poêle), Hans trouva son père endormi dans son fauteuil, une moue désabusée sur son visage grossier. La porte du poêle était ouverte, des bûches noircies gisaient entourées d'allumettes dans les cendres grises. Au milieu, il aperçut la boîte d'allumettes à moitié carbonisée.

Junior prit un journal, en déchira les pages, les roula en boule et les glissa sous le bois. Traversant la cheminée, un courant d'air souleva les cendres. Il alla chercher une nouvelle boîte d'allumettes dans la cuisine, en gratta une et approcha la flamme du papier. Le feu prit immédiatement. Junior resta un moment à genoux, ajustant de temps à autre le régulateur de tirage. Quand les flammes commencèrent à lécher la vitre épaisse, il se releva, faisant craquer ses articulations.

Devant la télévision éteinte, la nuque de son père reposait lourdement sur le dos du fauteuil. Il était assis légèrement de biais, un doigt sur la télécommande ; son geste s'était arrêté en plein mouvement. Il paraissait si vulnérable. Sans doute n'avait-il pas réussi à changer de chaîne (il y avait tant de boutons dont il ignorait la fonction). Ou alors il n'avait trouvé que de la neige.

Est-ce qu'il était mort ?

Non, il respirait.

Son cou était constellé de petits points rouges.

Ses paupières tressaillaient légèrement.

Un sentiment de pitié submergea son fils. Il voulut le réveiller, le faire revenir.

Son père ne comprenait plus rien, il avait peur. Il fallut l'aider à se remettre debout, arranger ses cheveux ébouriffés.

Le feu crépitait dans le poêle. Une bûche heurta la vitre.

Comment peux-tu encore trouver la force de continuer ? pensa-t-il en regardant son père.

Tu veux que je t'étrangle ?

*

Senior avait encore reparlé de l'agrandissement de la ferme. À présent il n'avait plus de doutes, il avait bien réfléchi. Il fallait s'y mettre une bonne fois pour toutes, terminer ce qu'ils avaient commencé. À son avis, ils auraient le temps de drainer le terrain avant l'arrivée de l'hiver. Peut-être même de semer. Un champ de plus, ça leur serait bien utile. Ça pourrait leur permettre de nourrir quelques bêtes supplémentaires. Mieux valait être prévoyant, disait-il, tranquillement assis sur le banc de l'étable en regardant Junior se démener avec la trayeuse.

Il s'agissait d'une tourbière à la périphérie de la ferme. Le seul terrain plat qu'ils possédaient. Le père avait commencé à le drainer quelques années plus tôt, retournant la tourbe tout seul. À bout de forces, il avait dû y renoncer. Des mares s'y étaient formées et il s'était résigné à faire appel à une entreprise de terrassement. Mais l'entreprise avait fait faillite, les travaux s'étaient arrêtés et il n'avait jamais pu se faire rembourser l'argent versé. Quand il avait appelé le numéro de téléphone lituanien figurant sur les papiers, il avait paru sincèrement surpris en entendant une voix lui annoncer que la ligne n'était plus en service. L'entreprise avait abandonné trois ou quatre godets de pelle mécanique sur le terrain. Des oiseaux y avaient fait leurs nids et des animaux s'y étaient abrités. Les godets gisaient là comme de gigantesques mains de fer. Une eau couleur rouille y stagnait.

Aux deux hommes de la ferme, il ne restait plus qu'à finir les travaux. Avec leur lourd tracteur, qui n'était pas conçu pour ça.

Junior avait dit qu'il s'en occuperait.

Pendant toute une année, il s'était acharné. Dès qu'il avait un moment, entre le soin des bêtes et les autres tâches, il s'y attelait. Même le soir, dans le froid et l'obscurité, alors qu'il n'avait qu'une envie : s'asseoir en posant les pieds sur un tabouret, un bol de chocolats aux noisettes sur les genoux. Il mangeait au volant du tracteur. Des gobelets de nouilles dont le bouillon chaud lui brûlait les cuisses en débordant. Des tacos dont des giclées de crème fraîche atterrissaient sur ses genoux comme des glaviots.

Dans son aveuglement, le père avait décrété qu'il suffirait de quelques jours pour en venir à bout. « Une semaine ou deux, et voilà. » Junior avait voulu y croire, mais il avait senti le découragement le gagner. Il ne pouvait pas y faire face tout seul.

Il l'avait dit à son père, qui n'avait rien voulu entendre.

Junior alla chercher des pierres sur la grève, les transporta sur la remorque, les déchargea sur le terrain, recommençant l'opération autant de fois qu'il le fallait. Il pestait en donnant des coups de poing dans le plafond de la cabine.

Au bout de quelques mois, il y eut un changement. La lumière revint. Certains jours, il se plaisait à travailler là-bas. Au moins, il y était seul.

Il se dépêchait de nourrir les bêtes, balayait le foin tombé à côté, grattait le sol pour enlever les bouses et sautait sur le tracteur. Parfois il voyait son père lui faire un signe de la main, debout sur le perron. Sans doute était-il fier d'avoir mis en route le processus.

Junior répondait à son signe.

Petit à petit, il voyait un chemin se dessiner entre les arbres. Ça ne se passait pas trop mal, pensa-t-il. Bientôt il put se rendre sur le nouveau terrain sans voir son café éclabousser la cabine. Les arbres coupés, il les apportait à la scierie locale en échange de planches et de bois de chauffage (il en vendit une partie et empila le reste contre le mur donnant au sud).

Il parvint à drainer presque la moitié du terrain avant les premières neiges.

Pour faire plaisir à son père.

Il n'avait aucune intention de finir les travaux.

L'arrivée du gel fut une délivrance.

— Même la pioche, je n'arrive plus à l'enfoncer dans la terre, dit-il à son père.

Ils purent travailler paisiblement à l'étable, mais l'hiver rongeait le vieux bâtiment. Ils découpèrent de la laine de verre pour calfeutrer les fenêtres, tassèrent la neige contre les murs extérieurs, firent leur possible pour renforcer la frontière entre le dehors et le dedans.

(Ils eurent le sentiment de s'affairer à l'intérieur d'une caverne.)

Ils ne mangèrent plus que du lieu noir. Son père décréta qu'il en avait marre.

Junior acheta une pizza surgelée avec beaucoup de jambon. C'était bon, dit son père. Mais bourratif.

Assis dans le salon, il piquait du nez en feuilletant une encyclopédie. Junior éteignit les lampes, referma le gros livre ouvert à l'article *Yougoslavie*, le remit sur les étagères. Puis il accompagna son vieux père jusqu'à la salle de bains, l'aida à monter l'escalier et resta avec lui jusqu'à ce qu'il trouve le sommeil.

Mais au printemps, il fallut remettre ça. Pas question de laisser tomber avant d'avoir atteint le but, disait son père. Parfois il venait tout habillé dans la chambre de son fils pour l'obliger à se lever.

Le père montait sur la remorque, un large sourire aux lèvres – Junior le voyait dans le rétroviseur. Bravant le vent, il ressemblait à la figure de proue d'un navire en perdition. Debout dans la bruyère, il regardait son fils travailler. Avec de grands gestes, il lui indiquait comment manœuvrer le tracteur.

Il fallait être prêt, disait Senior. Parer à toute éventualité. Se préparer à affronter l'avenir.

De gros tas de terre dans les champs. Du sable pour drainer le terrain, pour empêcher l'eau de remonter à la surface et tout étouffer.

— Il vous en faut vraiment autant ? avait demandé le chauffeur en déchargeant le camion.

— Je défriche, avait répondu Hans junior.

Après tout, ce n'était pas faux.

— D'accord, mais vous avez intérêt à ne pas le laisser là.

— Bien sûr.

— Sinon, avec la pluie, ça va dégouliner partout.

Hans avait chargé la terre sur la remorque, car le camion était trop gros pour avancer jusqu'au nouveau terrain. La radio poussée à fond, il avait tout transporté sans aide. En répandant la terre sur la tourbière, il avait eu le sentiment de travailler en pure perte. Comme s'il y vidait un seau de plage. Ça ne changeait rien. Entre la glaise et cette terre qui lui avait coûté une fortune, il n'y avait qu'une légère différence de couleur.

Assis dans son fauteuil, son père regardait des lions tuer un gnou.

— Ils s'accrochent à sa gorge pour l'étrangler, dit-il laconiquement.

— Contrairement aux ours, qui commencent à dévorer la brebis encore vivante, ajouta-t-il. Ils ne savent pas faire autrement. La brebis n'a plus qu'à se laisser faire.

L'équipe de tournage avait violemment éclairé la savane où se déroulerait le festin. Des éclairs de lumière scintillaient dans les yeux des fauves comme sur une bande réfléchissante. Qu'on les observe les laissait indifférents.

À la fin, le gnou gisait sur le dos, les pattes en l'air comme une table renversée.

— Voilà, dit son père. Ça y est.

Un premier lion plongea sa gueule dans l'animal. Puis il réapparut, coiffé d'une capuche de sang.

— C'est la nature dans ce qu'elle a de plus impitoyable.

Quand le documentaire aborda les ruminants, il piqua du nez. Ces bêtes-là, il les connaissait, il y avait consacré sa vie.

Les premières tempêtes d'automne rappelèrent à Junior qu'il n'avait pas encore posé la toiture de la nouvelle étable. Il dut aller chercher une bâche et grimper à l'échelle. Là-haut, ça soufflait fort et il eut le plus grand mal à étaler sa bâche. De son pas lourd, son père l'avait suivi telle une ombre. Debout dans les rafales, il cria :

— Plus haut !

Junior plantait des clous comme un forcené. Il se tapait sur les doigts (le lendemain, il vit que ses ongles avaient bleui), il était trempé jusqu'aux os et l'abattement le gagnait.

— Tu ferais peut-être mieux de te concentrer sur une chose à la fois, dit son père quand ils rentrèrent. Une nouvelle étable, on en a vraiment besoin ?

— Oui.

Il y eut un gargouillement quand il enleva ses bottes.

— Allume la lumière.

Son père était trempé, ses cheveux étaient plaqués contre son crâne. L'eau coulait sur son visage ridé (*il a besoin qu'on s'occupe de lui*). On aurait presque pu l'essorer comme un vieux chiffon.

— Continuer avec une vingtaine de vaches seulement, ce n'est pas rentable, dit Junior.

— Mais acheter d'autres bêtes, ça va coûter cher. Et en plus, il faudra les nourrir.

Junior avait bien pensé à défricher d'autres terrains. Ils pourraient peut-être tirer un meilleur profit des pâturages qui jouxtaient la ferme de Johan. En les nivelant, puisque son père les trouvait trop escarpés. Et il terminerait la bergerie ; les brebis, c'était facile. Elles étaient robustes, on pouvait les laisser dehors tout le temps. Des bêtes calmes et fidèles.

Elles finiraient peut-être par brouter les pousses d'épicéas qui apparaissaient dans les pâturages.

Ça vaudrait le coup de s'y lancer.

Il essaierait aussi de commercialiser le bois. Il était temps de couper les épicéas, de les apporter à la scierie.

Peut-être faudrait-il élargir le chemin pour permettre aux camions de passer.

Il y était prêt.

Pour l'emprunt, la banque était d'accord. Bien sûr, ça leur ferait des traites plus importantes chaque mois.

— Ça va aller, dit Junior.

— Qu'est-ce qui va aller ? demanda son père.

Junior installa un canon à air chaud dans le bâtiment inondé. Il tourna l'appareil vers les parpaings trempés, monta sur le toit et commença à clouer des planches sur la charpente. En contemplant ses terres, il espérait apercevoir un animal. Un élan, un renard, un glouton. Il y en avait, il le savait.

Il pensa à sa mère.

À sa voix, quand il jouait dehors et qu'elle l'appelait pour le faire rentrer. *Hans ! Hans junior !* Il avait voulu les inquiéter, ces deux êtres humains à qui il appartenait. Rester dans la forêt après la tombée de la nuit. Comme ça, ils croiraient qu'il était mort, qu'il ne reviendrait plus jamais. Il entendrait leurs cris. Car ils auraient forcément peur pour lui. Or, pas du tout. Ils ne bougèrent pas, il n'y avait aucun désespoir dans leurs voix. Ils savaient bien qu'il finirait par rentrer. (*T'en fais pas*, disait son père).

Il resta dans la forêt jusqu'à en avoir assez.

En pénétrant dans l'entrée, il entendit les bruits familiers de ses parents, devina une odeur de liqueur. Puis il monta l'escalier, alla dans sa chambre et se mit au lit.

Hans était en train de poser la toiture de la bergerie. Pendant ce temps, son père faisait sa ronde. En prenant le chemin de l'étable, il ne put s'empêcher de secouer les pieux de la clôture pour vérifier s'ils tenaient bien. Puis il aiguisa la faux en prenant une expression contrariée. Pour finir, il alla dans les champs ramasser des cailloux et en faire des petits tas.

Quand il vint tenir l'échelle, il voulait sans doute aider son fils. Hans junior l'avait pourtant solidement calée, les pieds en aluminium bien plantés dans la terre. Il s'activait maintenant là-haut, les mains dans la gouttière. Il sentait le tremblement de son père se propager jusqu'à lui.

— Attention ! cria-t-il.

Il attendit que son père s'écarte pour jeter au sol un paquet de feuilles mortes.

Au dîner, Hans le regarda porter péniblement la cuillère à sa bouche. La soupe épaisse, les lèvres gercées, la cuillère qui tremblait, le gosier aspirant la nourriture telle une bouche d'oursin filtrant l'eau trouble de la grève : le fils vit le liquide s'égoutter dans le bol et éclabousser la chemise du vieil homme.

*

Junior avait pris le bus pour aller boire une bière en ville. Installé au bar, il observa les autres clients, regarda la circulation dans la rue. Sous l'effet de l'alcool, ses yeux se couvrirent d'un filtre gris. Il salua de vagues connaissances, se gratta les avant-bras.

Personne ne vint lui tenir compagnie. Il commanda des cacahuètes au chili. Un verre à shot bien rempli.

Puis une autre bière. Et d'autres cacahuètes.

Une femme s'approcha, commanda un verre. Il lui mit un pan de sa veste sous le nez.

— Ça sent l'étable, hein ?

— Tu te comportes comme un gosse, dit-elle en le repoussant.

Il se tourna vers une autre :

— Un baiser bien piquant, ça te dirait ?

Puis il lui prit la main et la passa sur son menton.

— Arrête ! dit-elle.

Mais elle ne put s'empêcher de rire en pliant légèrement les genoux.

— Tu n'aimes rien, alors ? dit-il.

— Ça suffit, intervint le barman.

Elle retira sa main.

— T'es le type le plus bizarre que j'aie jamais rencontré, dit-elle.

— Trinquons à ça.

— D'accord, trinquons à ça, répondit-elle en tournant les talons.

Il continua à grignoter ses cacahuètes en se dandinant sur son tabouret, leva son verre pour trinquer avec des inconnus, eut encore soif, se sentit légèrement excité et un peu stupide. Quand on entonna « Joyeux anniversaire » en l'honneur d'une fille assise dans un box

– elle fêtait ses vingt ans sur terre – il joignit sa voix aux autres, braillant plus fort que tout le monde. Quand les applaudissements s'éteignirent, il décida d'aller saluer la jeune fille. Il se fraya un chemin à travers la foule pour lui offrir un *baiser spécial*.

Elle essaya de s'esquiver, mais il ne tint aucun compte de son refus.

Des verres se brisèrent, on le fit sortir. Quand il eut un peu dessoûlé, on le laissa de nouveau entrer.

Les heures passèrent. La femme à qui il avait pris la main vint commander une autre bière. Il en commanda une aussi. En attendant son verre, elle s'installa sur un tabouret à côté de lui.

Elle finit par lui demander comment il s'appelait. Il se présenta.

— C'est joli comme nom, dit-elle.

Ils quittèrent le bar ensemble. Il faisait encore jour.

— En cette période de l'année, l'obscurité ne tombe jamais, dit-elle. Tout semble plus ouvert.

Dans cette lumière, elle paraissait différente. Assez jolie, un peu collet monté. Elle lui plaisait bien.

Junior respira à fond. Sur le port, les mouettes criaient et les bateaux de pêche se balançaient doucement. Après tout ce qu'il avait bu, ses oreilles bourdonnaient.

— Je suis complètement soûl, dit-il.

Il lui prit les cheveux, voulut les peigner avec ses doigts. Elle se laissa faire. Ses cheveux étaient agréablement emmêlés. Comme une toile d'araignée.

— T'as pas sommeil ? demanda-t-elle.

Il la serra contre lui.

— Tu m'étouffes.

— Désolé.

Il la lâcha, l'embrassa sur le front.

— Et tu embrasses comme une mémé.

— C'est gentil comme remarque, dit-il d'une voix chevrotante de vieille dame.

Il voulait juste la tenir dans ses bras, laisser le temps s'écouler.

— C'est pas facile de dormir quand il fait jour tout le temps, dit-elle.

— Tu t'appelles Maren, n'est-ce pas ? À l'époque, tu devais avoir quatre ou cinq ans.

— C'est ça. Tu m'as reconnue tout de suite ?

— Oui, j'ai tout de suite su que c'était toi. T'as un visage qu'on n'oublie pas.

Ils s'assirent sur les marches devant Amadeo Tattoo. Le bar était sur le trottoir d'en face, il se vidait à toute vitesse.

— Il t'arrive de voir Johan ? demanda-t-elle.

— Oui, mais on ne parle jamais de ça.

Elle hocha la tête.

— Et ta ferme ? Tu t'y plais ?

— Je ne voudrais pas vivre ailleurs.

— T'es seul maintenant ?

— Non, mon père vit toujours.

— Alors vous êtes deux.

— Oui. Plus les bêtes.

— Ça doit être bien.

— C'est du boulot.
— Je sais. Moi j'aurais pas eu le courage.
— Je comprends.
— C'est beau là-bas. Je m'en souviens, dit-elle après un bref silence. Ça fait trente ans que je n'y suis pas retournée, mais je me rappelle que c'était beau. Ta mère et la mienne étaient amies. C'est pour ça que j'étais là. Ta mère s'appelait Magnhild, non ?

Il hocha la tête.

Une voiture arriva. Elle se retourna.

— On vient me chercher, dit-elle.
— Ah.
— On peut te raccompagner, si tu veux.
— Non, je vais y aller à pied.
— Jusque chez toi ?

Il essaya de nouveau de la prendre dans ses bras, de la serrer contre lui, mais elle le repoussa.

— Tu arrives quelques années trop tard.

Il voulait juste marcher dans la nuit d'été. Retrouver un peu de dignité. Il traversa des champs et des jardins, ramassa une taie d'oreiller emportée par le vent et en coiffa un groseillier, pensa à sa mère (une photo prise sur la place du marché le jour de la fête nationale : il est assis dans une poussette et sa mère se tient derrière lui, une coiffe traditionnelle sur la tête).

Dans les maisons, tout le monde dormait. Si quelqu'un s'approchait de la fenêtre, il n'apercevrait qu'une ombre parmi les arbres.

Il passa devant une vieille étable. À présent elle était vide, mais il croyait se souvenir qu'elle avait abrité des bêtes à une époque récente. Il s'y faufila tel un voleur et longea les stalles grandes ouvertes. Une veste de travail traînait sur le rebord de la fenêtre.

Soudain, quelque chose bougea. Un animal, peut-être un cheval soufflant dans l'obscurité.

Il sortit par l'arrière, regarda autour de lui, monta sur une caisse à sable et dévissa le globe de l'applique d'extérieur (il lui en fallait un chez lui). Mais il avait trop bu. Le globe lui échappa des mains et se brisa contre la rampe en béton.

Crétin.

Il s'enfuit en courant et se jeta à plat ventre dans un champ. Finalement, il n'entendit aucune porte claquer et ne put s'empêcher de rire. Il se retourna sur le dos et contempla le ciel. C'était beau.

Pendant les derniers kilomètres il sentit dans sa nuque le regard de sa mère.

— Tu es content de ce que tu viens de faire ? demanda-t-elle.

— Je n'ai aucun remords. Mais je pense au cheval.

— Je n'ai pas vu de cheval.

— Il était dans sa stalle, j'ai dû le réveiller.

— C'était dans ton imagination, je crois.

Quand il arriva enfin, son père était assis dans la cuisine, les avant-bras sur la table, devant une tasse de café et une assiette pleine de miettes. La radio était allumée, une voix sérieuse résumait les événements de la veille.

Son père n'ouvrit pas les yeux et n'entendit pas son bonjour.

Junior alla jeter un coup d'œil sur le nouveau terrain. En creusant leurs galeries, les campagnols y avaient laissé de petits monticules de terre. Les animaux devaient se terrer sous ses pieds, écouter ses pas.

Avec leurs petits en train de téter. En couinant.

Rien n'aurait le temps de pousser avant l'automne, il le comprit. De jeunes tiges vert foncé apparaissaient ici et là. C'était quoi ? Qu'est-ce que ça allait devenir ? Il n'en avait aucune idée.

Il n'y connaissait pas grand-chose, en fin de compte.

Il donna un coup de pied dans la terre. Sa botte s'enfonça dans un limon marécageux.

Heureusement, le nouveau terrain ne leur était pas indispensable. Junior pouvait encore se dire qu'il s'agissait d'un essai.

Des pistes d'animaux sillonnaient le champ, de la sombre forêt d'épicéas jusqu'au versant ensoleillé tourné vers la mer. Junior longea les trous d'eau et la butte où venaient se poser les rapaces. Puis il continua en direction de la côte.

Un élan était également passé par là, constata-t-il. Ses crottes jonchaient le sol, tels des œufs desséchés.

Il finirait sûrement par voir des résultats. Peut-être dès l'année prochaine. Pas question de laisser tomber.

Il perçut une odeur métallique, regarda l'eau trouble qui remplissait les tranchées. Elle avait un aspect synthétique, comme si les travaux avaient libéré des substances toxiques emprisonnées dans la terre.

Quand il revint, il trouva son père dans la cuisine. Il plongeait des pommes de terre dans une casserole d'eau bouillante sans les avoir nettoyées.

— Ça se passe bien sur le nouveau terrain ? demanda-t-il.

— C'en a l'air.

Luisant de gras, un morceau de saumon fumé était posé sur la planche à découper. Sur le plan de travail, on voyait un pain de mie et une bouteille de bière de Noël.

Son père souriait :

— Félicitations. T'as fait du bon boulot.

L'ombre de celui qu'il avait été. Non seulement quand il essayait d'arranger la garniture sur une tartine de pain. Ou faisait déborder son verre de nectar tropical, salissant ses doigts et le plan de travail.

Il prenait la mouche, devenait irascible.

Depuis quelque temps, il se réveillait tard. Seul le bruit du camion de lait parvenait à le tirer du lit. Comme si on lui en avait donné l'ordre, il quittait la maison sur ses jambes raides, venait rejoindre son fils et tenait des propos sans queue ni tête.

On est fiers de notre ferme.

Un reste du père qu'il avait connu : l'importance d'être présent à l'arrivée du camion de lait. L'importance de *tenir son rang.*

À force de passer toute la journée à la maison, il devenait nerveux. Le temps s'écoulait en dehors de lui, il avait des picotements dans les doigts, la folie le guettait. Les lumières s'allumaient et s'éteignaient indépendamment de sa volonté, son fils allait et venait, mais ne répondait pas quand il l'appelait. Le garçon était-il devenu malpoli ? Des portes claquaient, faisant tinter les verres à pied dans le buffet.

Il se leva de son fauteuil, parcourut la maison. Il fallait qu'il lui parle. Où était le garçon ? Deux ou trois fois de suite, il vérifia le thermomètre à la fenêtre de la cuisine. Comme une adolescente consultant son portable. Bon, il ne faisait pas trop froid.

Il s'était réveillé en pleine nuit, car le vent soulevait la bâche. Junior avait dit qu'il y jetterait un coup d'œil plus tard, mais il n'était pas là. Le père enfila sa veste, mit ses bottes et se dirigea vers la nouvelle étable. Non sans mal, il parvint à sortir l'échelle, rangée sous le pont d'accès à la grange. Il la posa contre le mur et grimpa jusqu'en haut. Puis il avança à quatre pattes sur les plaques du toit, cherchant à tâtons le bord de la bâche. Il avait apporté des clous et un marteau. Au début, tout se passa bien ; les clous étaient plantés de travers, mais la bâche tenait. Quand il voulut faire pareil de l'autre côté, le vent se mit à souffler plus fort. Il dut s'accrocher pour ne pas tomber. Au bout d'un moment, il se redressa, mais une rafale lui fit perdre l'équilibre. En reculant, il posa le pied dans un trou. Poussant un cri, il atterrit sur le béton, six mètres plus bas.

S'il était tombé sur la tronçonneuse ou sur la pile de briques, c'en aurait été fini de lui.

En ouvrant les yeux, il vit le trou au-dessus de lui, le plastique déchiré. Il essaya de comprendre d'où venaient ses douleurs.

Allaient-elles disparaître ? Était-ce son corps qui lui faisait si mal ?

Sans conviction, il essaya d'appeler son fils. Les bêtes se tournèrent vers l'endroit d'où venait le bruit. Il parvint à se mettre sur le ventre et commença à ramper en s'aidant de ses bras. Heureusement, il pouvait encore se servir de ses mains. Des poussières et des cailloux lui remplissaient la bouche. Traînant des lambeaux de plastique derrière lui, il se faufila à travers des amoncellements de déchets et de chutes de bois. Il vomit comme un animal.

Des ombres à la porte.

Les bêtes le fixaient du regard.

Une fois dehors, il tenta de se diriger vers les lumières, vers la maison où il trouverait le salut. Il se vidait de son sang et le chemin était long. Il comprit que les douleurs étaient vraiment les siennes ; elles l'élançaient comme s'il était enfermé dans un sac rempli de rats. Il cria – pour se débarrasser de la vermine ? – mais on ne l'entendit pas. Le temps était lourd, il faisait chaud, les moustiques bourdonnaient autour de son corps meurtri. Il lui restait encore cinquante mètres à faire.

Sur la grève, Hans junior vidait des poissons et les jetait dans un baquet. La pêche avait été bonne (en rentrant, il se préparerait une lingue au beurre et à l'aneth). Il chargea le baquet sur la remorque et prit le volant. Le temps était magnifique. En arrivant, il se gara devant le garage, transporta le baquet jusqu'au grenier sur pilotis et le posa sur la première marche. Puis il sortit la planche à fileter glissée entre le mur et la meule à aiguiser, la nettoya avec un chiffon pour ôter la poussière et les écailles de poisson, sortit son couteau et se mit au travail. Il trouva le bon endroit à inciser et sentit avec plaisir le couteau avancer tout seul. Il leva un premier filet avec la peau (pas question de gaspiller de la nourriture).

Puis il introduisit le couteau entre la chair et la peau pour enlever celle-ci.

En glissant la lame dans l'œil du poisson, il se salit les doigts et s'essuya sur un pan de sa veste.

Après avoir terminé, il décida enfin d'aller voir son père.

Hans junior se souviendrait longtemps du spectacle qu'il découvrit dans l'entrée. Son père était étendu sur le sol, entouré de chaussures et de vestes. Le porte-parapluies s'était renversé sur lui, un bout d'os transperçait la peau de sa cheville et il gémissait avec un bruit sifflant faisant penser à une cafetière italienne. Il était incapable d'expliquer ce qui lui était arrivé.

D'après les médecins, c'était un miracle qu'il ne fût pas mort sur le coup. Une chute de six mètres, un choc pareil ; ça aurait pu être fatal. *C'est ainsi que meurent les paysans.* D'ailleurs, qu'est-ce que le vieil homme était allé faire sur le toit ?

Il avait les poches remplies de clous. Certains s'étaient fichés dans sa cuisse. Ses blessures s'infectèrent (une septicémie ?). On découvrit que Senior souffrait de diabète, sans doute depuis longtemps.

On demanda à Hans si son père lui avait paru fatigué. Est-ce qu'il dormait beaucoup ? Il n'avait plus que la peau sur les os. Son fils n'avait-il rien remarqué ?

— Il a toujours été maigre, répondit Junior.

Son sang était de la *liqueur d'œufs*, dirent les médecins.

Hans descendit la côte en frein moteur. La mer s'étendait paisiblement devant lui et les tumulus se dressaient comme des bosses de chameaux. En entrouvrant la vitre côté chauffeur, il sentit une odeur d'étable et de mousse humide.

Tout était placide. *Idyllique.*

La mer était d'un bleu intense.

Les poissons gisaient dans la cour. Ils portaient des traces de becs d'oiseaux. Certains étaient éviscérés. Les corneilles étaient perchées sur le toit, prêtes à s'envoler.

La traînée de sang était visible dans le sable gris.

Junior acheta des plaques de toitures en solde et les posa en quelques jours. Maintenant qu'il était seul, il pouvait travailler tard. Il clouait les plaques à la lumière de sa lampe frontale. Il avait les doigts gelés, ce n'était pas simple, mais il était content.

Il téléphonait régulièrement à l'hôpital pour se tenir au courant.

— Votre père accepte de manger de la soupe.

— Il adore le porridge sucré et le jus d'orange.

Début avril, les pâturages imbibés d'eau avaient suffisamment séché pour lui permettre de sortir les bêtes. Il défit les chaînes et attendit qu'elles trouvent leur chemin toutes seules. Pas question de les pousser, il aimait bien les voir hésiter.

— Vous avez tout oublié, leur dit-il.

Elles mirent une éternité à tendre la tête vers la lumière. Puis elles avancèrent pas à pas. Au bout d'une heure, toutes n'étaient pas encore sorties.

Les laissant se débrouiller, il longea les rochers, à l'affût du bruit de leurs sabots. Les premières bêtes pénétraient déjà dans la forêt. Elles sentirent sa présence et s'arrêtèrent.

Il lut une question dans leurs yeux : *Tu viens avec nous ?*

Il les accompagna jusqu'à une clairière à l'herbe abondante. Elles y trouveraient du soleil et de l'ombre. Il resta là à les observer jusqu'à la tombée de la nuit. Lorsqu'elles se couchèrent, il comprit que sa place n'était plus parmi elles.

Il voulait parler à son père de la nouvelle étable, lui expliquer que les travaux étaient terminés. Qu'une nouvelle ère s'ouvrait à la ferme. Qu'il pensait avoir trouvé un interlocuteur valable à la coopérative. Il lui raconterait aussi qu'il avait posé des filets de l'autre côté de la pointe.

À l'endroit où ils en posaient autrefois, où ils avaient attrapé des saumons.

Mais quand il pénétra dans sa chambre, le vieux dormait. Il respirait bruyamment, on entendait des mucosités gargouiller dans sa trachée.

— Papa, dit-il. Papa.

Puis il se contenta de rester là.

Au bout d'un moment, la porte s'ouvrit et une infirmière apparut. Elle le salua.

— Vous êtes son fils ?

— C'est ça. Vous êtes nouvelle ?

Pour lui montrer qu'elle prenait soin du patient, elle s'approcha du lit et commença à manipuler le vieil homme avec des gestes qu'elle voulait doux et respectueux. Branché à toutes sortes d'appareils, des tuyaux et des perfusions partout, il était entièrement à sa merci.

Elle lui caressa le menton, prenant sa barbe à rebrousse-poil, se pencha en avant, lui souleva les paupières et les laissa retomber. Il ne bougea pas.

— Il dort bien, annonça-t-elle.

Comme si elle avait besoin de faire tout ce cirque pour s'en rendre compte.

Puis elle se tourna vers Junior :

— Il s'est réveillé plusieurs fois cette nuit. Il voulait se lever, se promener. Il ne doit pas être habitué à rester couché comme ça.

— C'est sûr.

— Il parle beaucoup. De la ferme. Il dit que c'est si beau là-bas, qu'il ne vivrait ailleurs pour rien au monde. Et qu'il ne peut pas se plaindre.

Elle sourit. Junior sentit sa gorge se nouer.

— Puis il demande des nouvelles de Magnhild. Il veut savoir où elle est, quand elle viendra le chercher. Elle n'est plus en vie, je suppose ?

— En effet.

— Depuis longtemps ?

— Oui.

Elle sourit de nouveau :

— Je devrais sans doute vous présenter mes condoléances. Avec un peu de retard.

Puis elle se tut.

— Parfois, on a la tête qui s'embrouille, dit-elle soudain. Quand le disque dur reçoit un coup pareil…

Elle se tourna vers le vieux.

— Pas vrai, Hans ?

Elle le secoua légèrement. Il ne réagit pas.

— Il demande aussi de vos nouvelles. Vous portez le même prénom, n'est-ce pas ?

— Exact.

— « Junior est un bon garçon », m'a-t-il dit hier. Il demande souvent où vous êtes. Mais c'est normal. On s'y perd un peu… quand on n'est pas dans son environnement habituel. Je lui dirai que vous êtes venu.

Junior la regarda.

— Pour l'instant, je crois qu'il vaut mieux le laisser dormir, conclut-elle. Il faut qu'il économise ses forces.

Le voisin de chambre de son père semblait dans le même état. Junior s'aperçut alors qu'une vieille femme toute menue était assise à ses côtés en lui tenant la main.

Il lui fit un signe de la tête :

— Mes condoléances.

— Il s'en sortira, répondit-elle.

Allongés dans leurs lits, les deux paysans faisaient penser à des crapauds voguant doucement au clair de lune sur des feuilles de nénuphar.

Un filet de bave coulait sur leur menton.

— Quelle tristesse, dit Junior.

Des stigmates d'une vie dure : en voyant leurs avant-bras nus sur la couette, Hans ne put s'empêcher de penser aux branches tordues qu'il posait sur les piles de bois pour empêcher la bâche de s'envoler.

— Il a du mal à respirer, dit la femme à l'infirmière. Vous êtes sûre que tout est normal ?

L'infirmière lui fit les mêmes gestes qu'à Senior, et Hans se sentit soudain exclu. Comme s'il regardait la situation se reproduire sous une forme légèrement différente.

— Rassurez-vous, dit l'infirmière. Il va bien, là où il est.

Junior sortit pieds nus dans le jardin pour cueillir quelques branches d'aneth. Il sala le poisson avec des gestes de chef cathodique, parsema les filets d'aneth haché, y ajouta une cuillerée de crème fraîche et les enveloppa de papier aluminium.

Puis il dressa une jolie table et prépara une salade de concombre.

Les cordons de son tablier pendaient dans son dos.

En attendant que le poisson fût prêt, il s'offrit un bâtonnet de glace.

Vers dix heures du soir, il se mit à table et mangea lentement.

Son père ramena de nouvelles odeurs à la maison. Sa bouche sentait les médicaments et la faim. Il pissait par terre sans essuyer derrière lui. Parfois il se penchait en avant pour tripoter quelque chose au niveau de ses jambes (pour chasser une mouche ?). Et il lui arrivait de se laver les mains avec de l'engrais liquide, car il ne distinguait pas le flacon de celui du savon.

Il pouvait rester assis pendant des heures sans bouger. Ses hématomes étaient toujours enflés. Pour lui faire boire du lait, il fallait y ajouter un peu de confiture de framboises. Avant de regarder le journal télévisé, il réclamait souvent un cognac, qu'il ne finissait jamais.

Quand le repas était servi, il demandait :

— C'est ça qu'on va manger ?

Junior devait l'aider à mettre ses lunettes, à poser ses pieds sur un tabouret. Tous les soirs, il l'enveloppait d'un plaid, lui faisait sa piqûre d'insuline pendant qu'on annonçait les résultats du loto. Ce rêve de richesse facile, cet espoir que l'argent allait leur tomber du ciel, Junior le partageait avec son père.

Quand les vaches allaient mettre bas, il l'emmena à l'étable. Il dut le soutenir ; le vieux marchait en pantoufles. Il le posa sur le banc, lui dit de se taire, lui tendit un café et éteignit le plafonnier.

— Et la sorcière marche sur la route, commença Senior.

Renversé en arrière, les yeux fermés, il avait l'air de dormir. Sa voix paraissait mécanique, comme si elle n'émanait pas de son corps.

— Son ventre gargouille. Tu l'entends ? Sur son épaule, elle porte un sac qui peut facilement contenir un garçon bien nourri. Les semelles de ses chaussures sont trouées, elle marche sur les cailloux, ses pieds saignent. Écoute, écoute…

Il parlait en gardant les yeux fermés. Cette histoire, il l'avait racontée tant de fois.

La vache souleva la queue, expulsa un liquide.

— La sorcière se dirige vers la maison, elle frappe à la porte. Ses doigts sont secs comme l'écorce, elle a des ongles jaunes et pointus. Elle gratte à la porte, elle veut entrer. Si tu écoutes, tu l'entendras frapper. Tu l'entends ?

— Oui, je l'entends, dit Junior.

Il caressait la vache, lui parlait doucement pour la rassurer.

— Elle se sert de son ongle pour tourner la serrure, elle ouvre la porte, elle pénètre dans l'entrée.

Il prenait une voix grave, sinistre.

— Tu entends ?

— Non. Tais-toi.

— Elle reste debout dans l'entrée. Tu sais pourquoi les sorcières n'aiment pas les filles ? Parce que les garçons sont plus savoureux. Ça, tu le sais, n'est-ce pas ? Et où sont les pères ?

Il fit une pause.

— Les pères sont à l'étable. Ils travaillent. Ou dans la forêt, sur leur tracteur. Ils ont beaucoup de choses à faire.

Les sabots apparaissaient. Senior se leva.

— Ça sort, dit-il. Allez, allez.

Junior fit une grimace. Il avait toujours détesté la façon dont son père parlait aux bêtes.

La vache bougea pour échapper aux douleurs. Au fond de l'étable, on entendait les bœufs meugler.

— Je sais faire, il faut seulement que j'aie une prise, dit le père.

Ils continuèrent à tirer pendant plus d'une heure. À la fin, Junior dut demander à son père de s'écarter.

— Tu me gênes.

— Comme ça, tu n'as pas besoin de mon aide ?

Son père ôta ses gants, les posa sur le rebord de la fenêtre. Puis il resta là, regardant dans le vide.

— Va t'asseoir, dit Junior.

— Tu ne veux pas que je t'aide, mais tu as besoin de moi.

— Je te dirai s'il se passe quelque chose.

Senior retourna s'asseoir sur le banc.

— Allons, dit Junior à la vache. Maintenant il n'y a plus que nous deux.

Peu de temps après, le veau était là.

Junior s'empara du petit, le dirigea dans sa chute pour lui éviter de se blesser contre le sol en béton (il n'y avait pas de sous-bois pour l'accueillir). Puis il laissa la mère prendre le relais.

La bête meugla doucement, puis commença à nettoyer le veau avec sa langue.

Le père vint rejoindre Junior. Il lui pinça l'épaule :

— Tu vois ? Voilà ton veau.

Pendant la nuit, Junior dut le consoler. Il le borda avec la couette, l'aida à boire un peu d'eau et quitta la chambre sur la pointe des pieds.

Une voiture de la municipalité arriva dans la cour. Une jolie petite voiture électrique rouge groseille qui lui fit penser à un aspirateur. La portière s'ouvrit et une femme descendit. Junior n'avait jamais vu une femme aussi grande. Elle portait un uniforme bleu marine, une écharpe entourait ses épaules et un sac à main pendait au bout de son bras, mais Junior remarqua surtout les tresses qui tendaient la peau de son visage. Sombres comme des algues, elles étaient mêlées de fils de couleur – vert fluo, roses, jaunes – et semblaient tirer son front en arrière.

Une étrangère dans sa cour. Une Africaine.

Sa stupéfaction se dissipa immédiatement quand elle dit en bon norvégien – et en dialecte, par-dessus le marché :

— C'était plus loin que je ne pensais.

Se tenant à l'écart, il la regarda se pencher au-dessus de son père. Celui-ci était plongé dans des réflexions dont ils ignoraient tout (il avait vaguement parlé de « vaches dans la forêt », se demandant pourquoi elles ne venaient pas quand on les appelait).

Au bout d'un moment, son père tenta d'engager la conversation :

— Tu crois en quel dieu ?

— Allah.

— On m'a parlé de lui.

— Levez le bras.

— *Allah Akbar*.

— Je vais vous piquer.

— Aïe.

Ils en restèrent là. Elle avait d'autres personnes à voir.

— Tenez, dit-elle à Junior. Vous pouvez appeler ce numéro s'il y a quelque chose.

Elle revint quelques jours plus tard, puis trois fois par semaine. Ils s'habituèrent à sa présence. Elle posait sa veste sur la table du téléphone et montait l'escalier quatre à quatre. Quand elle allait aux toilettes pour faire pipi, les deux hommes écoutaient le bruit sans oser bouger, le visage torturé.

En général, Junior lui offrait du café, et ils bavardaient un peu (elle finit par apporter un thermos avec du thé). Senior s'efforçait désormais de mettre son pantalon tout seul. Pour se donner de l'allure, il y glissait les pans de sa chemise et faisait une raie dans ses cheveux avec un peigne mouillé (en trempant sa chemise).

— Vous m'impressionnez, disait-elle.

Elle tenait le même genre de propos à Junior :

— Vous êtes un bon fils.

Et :

— N'hésitez pas à m'appeler si vous avez besoin d'aide.

Et :

— Personne ne voit ce que vous ressentez.

Et :

— Je prie pour vous.

Le jour de la douche, elle arriva en débardeur. Elle coupa la musique dans sa voiture – *Reggae Mix* – et descendit.

— Une belle journée, dit-elle à Junior en lui secouant légèrement l'épaule.

Puis :

— Tout va bien ?

— *Yes*, se répondit-elle à elle-même.

Il se branla au-dessus des orties. Le soleil tapait. Il attendit quelques minutes avant de remonter à la maison, espérant encore l'apercevoir. Elle en aurait peut-être envie, elle aussi. (Dans sa pensée, il souligna sa phrase au feutre de couleur.) Mais il eut honte. Il les entendit dans la salle de bains : l'eau qui éclaboussait le carrelage, le savon qui rebondissait sans cesse sur le sol, et les « aïe, aïe » répétés de son père.

Elle avait sans doute enfilé sa blouse en nylon bleu – elle la laissait en permanence sur une des patères de la salle de bains. Et elle chantait à tue-tête une chanson populaire norvégienne.

Il se réveilla en pleine nuit. La chambre était envahie d'une odeur d'herbe fraîche. Il dormait nu sous le drap léger.

Il glissa ses mains entre ses jambes.

Le camion de lait viendrait dans la matinée. Il aurait le temps de traire les vaches avant.

Il ne pensa à rien. Il pouvait bien traîner encore un peu au lit.

Son père avait dû s'effondrer d'un seul coup. Ses gestes étaient restés en suspens : entouré de feuilles de papier, son verre d'eau traînait par terre à côté de son pilulier. Junior alla s'asseoir sur le lit. Il ne se sentait ni triste ni heureux. Au bout d'un moment, il se pencha au-dessus de son corps, lui prit les mains et les joignit sur sa poitrine (il fallait agir avant que la rigidité cadavérique ne s'empare de lui). Puis il lissa la couette, rangea les objets tombés par terre et mit de l'ordre sur la table de nuit.

Il ouvrit la fenêtre, balaya les mouches mortes avec sa main et descendit au rez-de-chaussée. L'escalier grinça horriblement.

Comment rester dans le séjour ? Le plaid pendait par-dessus le dos du canapé comme un homme mort. Sans enfiler ses vêtements de travail, il alla dans l'étable et fit ce qu'il avait à faire. Les animaux ne devaient pas souffrir. De retour dans la maison il téléphona à Cubayda.

— Je me suis dit qu'il fallait vous prévenir.

— J'arrive, dit-elle. J'arrive tout de suite.

Il se fit cuire un œuf au plat. Il avait de l'appétit ; c'était peut-être signe que le deuil allait passer. Qu'il avait l'esprit sain. Après avoir mangé, il se força à se lever, posa son assiette dans l'évier et remonta auprès de son père.

Le corps n'avait pas bougé.

Dans l'arbre devant la fenêtre, les oiseaux gazouillaient – une nuée de passereaux s'y était posée. Une odeur de mousses humides se mêlait aux effluves sucrés de la mort.

Non, il n'était pas soulagé. *Tu pourrais revenir, quand même.*

Il vida la carafe d'eau par la fenêtre. Le bruit d'une porte le fit sursauter.

En la voyant, il fut pris d'une excitation aussi brusque que malvenue.

— Ça me fait de la peine, dit-elle. Ça me fait beaucoup de peine.

— Oui, parvint-il à articuler.

Elle le suivit à l'étage. Ils restèrent là, à contempler le mort. Recueillis dans le calme.

Il entendait la ventilation de l'étable ronronner. Elle s'approcha du corps, mais recula aussitôt. Elle l'effleura, le regarda. Comme si elle cherchait une perspective qui se dérobait.

Sa mère était restée là pendant deux jours avant qu'on ne vienne l'enlever. D'après son père, Junior avait monté la garde auprès d'elle.

Il vit Cubayda cligner des yeux pour empêcher ses larmes de couler. Il ne ressentait rien.

Près du cimetière, des tracteurs évoluaient dans les champs. Les paysans étaient déjà en train de faucher l'herbe.

Junior suivit le sentier qu'avait emprunté le cortège funéraire – quelques hommes et une ou deux femmes qu'il ne connaissait pas. Des stèles blanches sur lesquelles les noms dorés étaient sur le point de s'effacer. Certains remontaient au début du dix-neuvième siècle.

Petrine, Oscar, Peder…

Une grosse branche d'arbre, maintenue par une corde, se balançait au-dessus du tombeau familial.

Il arrangea les rubans des couronnes. Leur texte devait être tourné vers le ciel.

Merci pour tout.

Maintenant tu es libre, pensa-t-il.

Il regarda les ombrages des vieux arbres, leurs branches frôlant les murs de l'église. Des rameaux s'en détachaient et tombaient sur les toits des voitures. L'air était saturé de pollen. Sur le parvis, le bedeau balayait les chatons de bouleaux.

Le vent défaisait les tas qu'il avait formés.

Junior ôta la veste de son costume et la jeta par-dessus son épaule. Il décida de rentrer à pied. La ferme était à huit kilomètres, mais il connaissait un chemin agréable à travers la forêt. Cela lui permettrait de marcher à l'écart des champs, de passer par les rochers, loin des yeux qui pourraient le guetter derrière les fenêtres.

Sa voiture, il la récupérerait plus tard.

Il croyait se diriger vers la butte aux rapaces. Il aimait bien se promener à la limite de ses terres, longer les criques qui se succédaient – la mer n'était jamais loin – et continuer jusqu'à l'arrière de la maison.

Mais il s'était trompé. Il avait pris le chemin des falaises et dut traverser le parking du port de plaisance. Arrivé devant la maison de Johan, il le vit en train de faire sa sieste dans le jardin. Johan avait mis le drapeau en berne, et le cordon frappait contre le mât.

Que son cousin ait voulu honorer son père le toucha beaucoup. Après tout, Johan aurait eu toutes les raisons de le considérer comme un ennemi. Hans fut pris d'une étrange envie de s'agenouiller, de ramper jusqu'à la maison, tel un chien.

Au lieu de réveiller Johan, il pressa le pas et s'enfonça dans la forêt par le sentier qui montait derrière la vieille étable. Dans la première clairière, il tomba sur les bêtes que Johan y avait laissées pour soulager les pâturages près de la maison.

Les mères paissaient, accompagnées de leurs veaux.

Les vaches s'approchèrent de lui. Par simple curiosité, pensa-t-il. Preuve de cette familiarité un peu naïve qui finit par se créer entre les hommes et les bêtes.

Il tendit la main et fit un geste du doigt. Comme s'il appelait un chiot peureux.

Le troupeau le dévisagea, le renifla. Les bêtes voulaient lui dire quelque chose, mais quoi ? Il fit quelques pas en avant. Elles reculèrent, puis s'immobilisèrent.

— Mes belles, mes belles, murmura-t-il en essuyant sa sueur avec sa manche de chemise.

Le soleil pénétrait entre les arbres. Johan avait fait l'effort de clôturer le terrain, constata-t-il. Et les vaches avaient transformé les broussailles en pâturage.

Son père avait toujours dit que ce terrain leur appartenait. Junior n'allait certainement pas le réclamer.

Telle une pierre dévalant une côte, un jeune taureau noir déboula de la forêt. Le troupeau s'écarta, le taureau se dirigea droit vers Junior et s'arrêta à quelques mètres de lui. Il huma l'air, renifla les effluves de gel douche de cet homme en deuil (que faisait cet être humain chez lui ?). Puis il allongea le cou et se mit à lécher les lacets de ses chaussures (en box-calf ?), tirant dessus comme sur des spaghettis. Hans voulut lui caresser la nuque, mais le taureau le renversa d'un coup de tête.

Le taureau le regarda de ses yeux doux et humides. Avait-il compris à quel point il était facile de corriger les êtres humains ? Se disait-il qu'il aurait dû le faire plus tôt ?

Non. Aucun sentiment, aucune pensée. Seulement de l'instinct, et un corps puissant.

Au bout d'un moment, Junior parvint à reculer sur ses coudes pour échapper au taureau. Mais celui-ci revint à la charge.

— C'est ça que tu veux ? dit Junior à mi-voix en soulevant les pieds comme s'il faisait un exercice de gymnastique.

Mais le taureau ne s'intéressait plus à ses lacets. Il se léchait les narines. Il aurait facilement pu le piétiner à mort.

C'est ainsi que meurent les paysans, pensa Junior. Entourés de leurs bêtes, se croyant à l'abri du danger. Ils imaginent que tout va bien se passer, ils ne savent pas interpréter les signaux. Un mouvement mal compris peut suffire : un geste banal peut faire dégénérer la situation, l'animal agit selon sa nature, il défend son territoire (des secouristes venus tirer d'affaire un paysan l'avaient vu se faire écraser par les sabots de ses bêtes – comme un chaton sous les roues d'un camion).

Le taureau s'écarta légèrement et se mit à brouter. Il soufflait des naseaux, remuait la queue. Junior profita de l'occasion pour se relever. Il détala, fendit l'air dans sa ridicule tenue de deuil, se fraya un chemin à travers les broussailles et les branches basses des épicéas.

En atteignant la bordure de ses champs, il tenta de sauter par-dessus la clôture, mais son pied s'y accrocha et il s'étala par terre.

Affalé dans l'herbe, il contempla une touffe d'oseille vert pâle. Les plantes poussaient au pied d'un éboulis. Il avait eu de la chance.

Il sentit l'odeur fraîche de l'eau qui coulait entre les pierres. Sa respiration se calma.

Il comprit qu'il se trouvait au-dessus de la grotte où Johan et lui aimaient se réfugier quand ils étaient enfants. Ils volaient de petits objets – des pièces de monnaie, des bobines de fil, des photos, des outils – qu'ils y enterraient. Ou ils se branlaient, assis sur une pierre, se faisant gicler dans leurs mains avant de s'essuyer sur les mousses.

Il tendit la main vers les feuilles d'oseille, en arracha quelques-unes, les roula entre ses doigts et les glissa dans sa bouche. Elles avaient un goût d'enfance.

Il descendit la côte. Dans la maison, tout était éteint. Sa veste pendait comme une vieille peau par-dessus son épaule et le trou de son pantalon s'était agrandi.

Le talon d'une de ses chaussures s'était défait. On aurait dit un sabot blessé.

Un clochard rentre chez lui, pensa-t-il.

Il ne vit aucune raison d'allumer la lumière.

Il se contenta de se préparer un sandwich au rosbif, qu'il mangea debout dans la cuisine en l'accompagnant d'une bière fraîche. Ses rots sentaient l'oignon frit et il marchait en titubant.

Pendant la nuit il se réveilla plusieurs fois, persuadé d'entendre son père faire claquer sa langue en disant *miam-miam*.

*

L'équipe avançait en file serrée derrière le tracteur. La présence des femmes rassurait les enfants, à qui l'on avait dit de se tenir à bonne distance de l'engin. Ils étaient obligés de courir pour suivre le cortège. En arrivant, ils se mirent en rang et empilèrent leurs boîtes en bordure de champ. Chacun devait suivre une ligne tracée jusqu'à l'extrémité du terrain.

Des machines étaient déjà venues tout déblayer. Pour permettre aux fragiles pousses de survivre et devenir des arbres.

Comme ils le désiraient tous.

Quand la pluie se mit à tomber ils durent travailler sous une bâche, qui s'étendait tel un ciel au-dessus de leurs têtes. La pluie tambourinait sur le plastique, la forêt prenait des teintes sombres et le tracteur trônait au milieu du champ, comme s'il montait la garde pour protéger les jeunes pousses. Tout était parfaitement organisé. Des rangées d'arbres à perte de vue.

Les hommes se roulaient des cigarettes – dès qu'il y avait une pause, ils sortaient leur blague à tabac. Hans se souvenait de la fumée qui s'élevait sous le toit mouvant. Elle lui paraissait menaçante. Comme un sortilège.

Les allumettes éclairaient leurs visages.

Sa mère le prit par les épaules, se pencha au-dessus de lui.

— Écoute, dit-elle. Écoute la pluie, comme c'est beau.

Un homme raconta qu'un membre de l'équipe s'était réveillé un matin avec un épicéa lui sortant de la bouche. Il avait germé dans ses poumons pendant la nuit, dit-il. Puis il avait poussé jusqu'à franchir ses lèvres.

— Espèce de crétin, protesta quelqu'un. Tu fais peur aux gosses.

— C'est la stricte vérité, rétorqua l'homme en éclatant de rire.

Quand la pluie cessa et qu'ils purent de nouveau se déployer dans le champ, Hans repensa à cette histoire. Craignant d'avaler une graine qui germerait dans son corps, il s'efforça de ne pas respirer par la bouche. Il imaginait des racines se ramifiant dans sa chair. Peut-être se réveillerait-il avec un arbre lui sortant du corps, lui aussi. Peut-être la pousse était-elle déjà là, tendue vers la lumière. Ça le grattait dans la poitrine.

Les arbres pouvaient se développer dans l'obscurité.

Il donna un coup de coude à Johan :

— Demain, tu seras un arbre.

— Toi, t'en as déjà un qui te sort du cul, répondit Johan.

La pluie reprit et ils s'arrêtèrent pour la journée. Ils posèrent la bâche sur les plants qui restaient et se dirigèrent vers le sentier. Mais la pluie se transforma en un véritable déluge, et certains se mirent à courir. Les hommes dévalèrent le sentier ; ceux qui n'arrivaient pas à les suivre crièrent lâchement dans leur dos :

— Nous, on craint pas la flotte !

Junior essaya de courir lui aussi, mais il se retrouva tout seul entre les hommes déjà loin et les femmes à l'arrière. Il se retourna, cherchant sa mère du regard, car il ne voulait pas marcher seul (Johan lui avait déjà faussé compagnie).

De l'eau coulait sur son visage, dans sa bouche. Elle avait un goût amer, comme la résine des épicéas.

Les femmes riaient doucement sous la pluie.

*

Les après-midi devenaient moins ensoleillés. Des épicéas de Sitka apparaissaient déjà dans les pâturages et même derrière l'étable. Son père avait renoncé à intervenir, laissant les arbres pousser librement. Et maintenant il était trop tard.

Ils avaient parlé de les couper, de vendre le bois, mais c'en était resté là.

D'ailleurs, les engins de coupe auraient abîmé la terre, avait dit son père. Pour ce que ça nous aurait rapporté…

Junior posa ses mains sur le plan de travail et se hissa sur la pointe des pieds. Puis il referma le séchoir à linge d'un coup de talon.

Il avait labouré les champs et commencé à semer.

Il avait aussi répandu du fumier en écoutant un podcast sur un fait divers auquel il n'avait rien compris.

Il prit des chaussettes en laine dans le tiroir de la commode – sa mère en avait tricoté la plupart – et les laissa tomber par terre.

Il s'ennuyait.

C'était pourtant le printemps.

En sortant, il entendit le déclic des détecteurs de présence et vit les appliques d'extérieur s'allumer. Il y en avait deux sur le garage, une sur l'atelier et deux sur l'étable. Il regarda sa montre. Cinq heures quarante-quatre. Il tapota le verre. Les aiguilles ne bougèrent pas.

Quand la porte heurta le mur en béton, les bêtes se redressèrent. Il tourna l'interrupteur et attendit que les néons cessent de clignoter. La radio était restée allumée tout bas pendant la nuit. Il monta le son ; *taratata boum boum.*

Il remplit le seau d'eau chaude. Il lui fallut deux chiffons pour laver les pis avant de fixer les ventouses. En revanche, il n'eut pas besoin de changer l'eau ; l'expérience lui avait appris qu'un seau était suffisant. Au fil des ans, il s'était créé des routines de travail qui lui facilitaient la vie. Il vida son seau dans la cave à lisier et entendit l'eau clapoter dans les enfers.

La crypte de l'étable.

Il donna des coups de pied dans le foin pour le rapprocher des bêtes. Sans faire exprès, il heurta un mufle.

Il jeta un coup d'œil par la lucarne du toit.

Les oiseaux pépiaient sous l'avant-toit de la grange. Le paradis lui paraissait situé juste au-dessus de sa tête, il suffirait d'escalader une tige de haricot pour y accéder… Ou alors, c'était une vaste et magnifique cathédrale dans laquelle un prêtre se promenait avec un ciboire et une carafe en argent remplie de vin tiède.

Non.

Il prit ce dont il avait besoin sur les patères de la salle de traite. Il savait que rien ne bougerait s'il ne faisait pas un effort.

Avec ses mains, avec son corps.

Le paradis ?

Il brancha les bêtes sur la machine et entendit les bruits de succion remplir la pièce. Assis sur le banc, il regarda le lait couler dans les tuyaux.

Les bêtes continuaient de manger.

Il ne put s'empêcher de penser au défilé de marteaux qu'il avait vu dans un clip vidéo.

Il se rendit compte qu'il était en train de se ronger les ongles.

Il enjamba la clôture qui séparait les deux fermes et vit la maison de Johan en contrebas.

De là-haut, il avait une vue magnifique. Désorienté, il resta un moment sans bouger. La paroi était plus escarpée que dans son souvenir. Il ferait peut-être mieux de revenir sur ses pas et de suivre la route.

S'il tombait, il atterrirait dans le champ de colza. Dans ce cas, il ne lui resterait plus qu'à espérer qu'on le découvre à temps.

Il regarda le fjord, le port de plaisance, l'ancienne criée reconvertie en une sorte de centre culturel (des troupes de théâtre amateur s'y produisaient parfois).

La circulation des poids lourds sur la route.

Il respira à fond.

Il décida finalement de tenter le coup. Il descendit à reculons, s'empara d'un jeune épicéa qui s'accrochait à la paroi rocheuse, essaya en vain de l'arracher. Ses racines étaient déjà bien trop profondes.

Au passage, son pied frôla un nid d'oiseaux. Vide, il était sans doute abandonné depuis longtemps. Il le fit dégringoler jusqu'à une saillie un peu plus bas.

En se retournant, il aperçut Johan. Debout dans la cour, celui-ci l'avait vu ; il le suivait du regard en s'abritant les yeux de la main. Hans voulut lui faire un signe, mais y renonça. Il avait besoin de toute son attention pour choisir où mettre les pieds et s'accrocher aux anfractuosités.

Il finit par se laisser glisser sur les fesses jusqu'en bas. Son pantalon était trempé, des morceaux de tourbe pleuvaient autour de lui, mais il atterrit sur ses deux jambes. Un filet d'eau de fonte bleutée coulait le long de la paroi, arrosant une grosse pierre rougeâtre enfoncée dans la mousse. Des oiseaux jacassaient autour du rocher. En enjambant la clôture du pâturage, il sentit les barbelés lui piquer l'entrejambe, mais ne prit pas le courant.

— Drôle de chemin pour venir, dit Johan. Je savais que tu étais randonneur. Mais pas que tu faisais de la varappe.

Dans une commode, il avait découvert des photos où l'on voyait les gens des deux fermes faire une pause pendant le labour du printemps. Des corps étendus à l'ombre, sur des plaids. L'ambiance était bonne, des mains applaudissaient, les femmes avaient apporté des paniers de victuailles. Des cafetières étaient posées dans l'herbe.

Le père de Johan. Le père de Junior. Les deux frères.

À l'époque, on s'entraidait, on se prêtait du matériel. Pour récupérer un bœuf égaré, il y avait toujours des volontaires.

On posait une brioche enveloppée d'un torchon sur le siège de la trottinette des neiges et on l'apportait aux voisins, accompagnée d'un petit mot gentil.

On faisait pareil avec les sirops de fruits et les saucissons.

Junior n'avait jamais rien eu à reprocher aux parents de Johan. Il avait même éprouvé de l'affection pour sa mère. Elle le prenait à part, lui caressait la joue, lui demandait : *Comment ça va, Hans ?* Elle se sentait une responsabilité envers le garçon privé de maman. Quand il débarquait dans sa cour pour retrouver ses fils, elle lui faisait toujours un signe de la main. Pour lui remonter le moral.

Courage !

Un jour elle avait dit à Junior qu'elles étaient amies, sa mère et elle. Elles se promenaient ensemble, aimaient discuter d'histoires de femmes. Souvent, elles se réfugiaient dans le pavillon du jardin pour boire du jus de groseille dans des verres à pied. Et parfois elles goûtaient à des « trucs plus forts ». Elles s'entendaient bien malgré leurs différences.

Et puis, elles n'étaient pas obligées de tout raconter à leurs maris. D'autant qu'ils avaient leurs petits secrets, eux aussi.

Le frère aîné de Johan était un grand type efflanqué qui se plaisait à terroriser les petits. Il les coinçait, les empêchait de respirer, criait « je vais te faire exploser ! ». Junior se souvenait de sa nausée, de son étrange sentiment d'impuissance. Il avait bien essayé de résister, mais sans conviction, se contentant de donner de petits coups sur le dos du garçon. Il avait trop peur de se faire punir plus cruellement encore, de recevoir un coup de pied dans le tibia, de se retrouver la tête sous l'eau. Une fois libéré, il finissait par en rire. Et le grand frère leur permettait de tâter ses muscles, de les sentir bouger sous sa peau. À condition de s'exclamer : *Waouh !*

La forêt s'était remplie d'adultes. Junior se souvenait d'une odeur de fumée et d'essence. D'un cake posé sur une planche à découper, des mouches qui bourdonnaient autour. De gens qui pleuraient en cachette derrière la resserre à bois. Le lendemain (ou le surlendemain), le camion laitier avait heurté le chat, qui était arrivé dans la cour en traînant ses intestins derrière lui. Junior avait suivi les traces de sang dans la neige, il était resté longtemps à regarder l'animal. Le chat lui avait montré les dents, plusieurs d'entre elles étaient brisées. Au bout d'un moment, Junior était allé chercher une des pierres dont sa mère se servait pour délimiter les parterres de choux et de salades. Il savait quoi faire. Il avait fait un signe de la main à Senior, qui devisait gravement avec le père de Johan devant la maison. *Qu'est-ce que tu fabriques là-bas ?* avait crié Senior. Il n'avait pas répondu. En s'approchant du chat, il avait brandi la pierre. Deux corneilles s'étaient posées près de la tête de l'animal.

Quand les enfants étaient partis chercher un arbre de Noël, les pères n'avaient rien remarqué. Le grand frère de Johan avait pris la scie à moteur et ils s'étaient mis en route. Johan, le frère de Johan, Hans junior et Maren.

Les enfants se promenaient partout. Ils allaient et venaient dans la forêt, grimpaient sur les machines, glissaient des brins d'herbe dans le cul des bêtes… Ils cherchaient surtout à s'occuper.

C'était le grand frère qui avait lancé l'idée. Hans voyait encore le garçon se diriger vers l'arbre, il se souvenait du bruit de la scie à moteur. Mais ensuite, tout devenait flou : l'arbre qui tombait, le garçon qui s'écroulait dans la neige, le vrombissement de la scie à moteur…

Le père de Johan disait que c'était la faute de Hans senior. En réalité, les adultes en étaient sans doute tous responsables, Dieu sait qui il fallait blâmer. Tous auraient dû se montrer plus vigilants.

Au printemps suivant, on s'était disputé au sujet des pâturages et des clôtures. Les uns prétendaient que les relevés topographiques n'étaient pas fiables, les autres disaient le contraire. On avait invoqué un accord oral passé entre les grands-parents, mais les accords oraux ne valaient rien. Seuls les écrits faisaient foi.

Senior avait installé une barrière pour empêcher le père de Johan d'accéder à sa remise à bateaux. Là-bas, le père de Johan possédait un petit lopin enclavé dans les terres de Senior (et une barque en matière plastique). Plusieurs fois on avait fait tomber la barrière. À chaque fois, Senior l'avait réinstallée.

Le temps avait passé.

Johan avait repris la ferme après la mort de ses parents (on s'étonnait de leur disparition, car ils étaient jeunes pour mourir). Mais il n'était pas fait pour les travaux des champs. Il avait fini par donner ses terres en fermage et s'établir comme jardinier-paysagiste. On le voyait au volant de son pick-up ou assis sur la benne, mangeant son casse-croûte, les écouteurs aux oreilles. Il posait des pavés dans les rues piétonnes et plantait des bulbes sur les ronds-points avant l'arrivée du gel pour permettre aux couleurs de la municipalité d'éclore au printemps. On l'avait aussi chargé de réparer les marches qui montaient jusqu'à la crête de la colline (et aux sentiers de randonnée). Pour cela, il devait porter des sacs de ciment qui pesaient des tonnes.

Il gagnait bien sa vie, mais à la fin il n'en pouvait plus de bosser tout le temps. La ferme ne lui servait plus que d'hôtel.

Un jour il avait crié à Junior par-dessus la clôture : *Le travail de nuit, j'en ai marre.*

Pendant un périple en pleine nature avec un microtracteur dont il avait débridé le moteur – en plus, il avait bu –, il était tombé dans une tranchée de drainage qu'il avait lui-même creusée. Un nuage de gaz s'était échappé du moteur, une étincelle avait déclenché une violente explosion et les flammes s'étaient rabattues sur le siège de l'engin. On aurait dit un dragon asiatique crachant du feu. Un véritable enfer. Johan avait réussi à défaire sa ceinture de sécurité, à se retourner sur le côté et se laisser tomber au sol. Après avoir rampé pour se mettre à l'abri des flammes, il s'était écroulé.

Sentant une odeur de brûlé, Hans junior était sorti dans la cour. Quand on faisait du feu sur les îles, le vent rabattait souvent la fumée jusque chez lui. Il avait vérifié l'état des bâtiments, jeté un œil dans la grange ainsi que sur les bêtes (elles s'étaient redressées, mais ne bougeaient pas). C'est alors qu'il avait vu la colonne de fumée s'élever au-dessus de la forêt. Il avait sauté dans sa voiture. En comprenant que ce n'était pas ses arbres à lui qui brûlaient, il avait éprouvé un lâche soulagement.

Il l'avait trouvé dans le pré. Les flammes montaient déjà à l'assaut de la colline, l'herbe était archi-sèche et il s'était d'abord démené pour tout éteindre. Il piétinait comme un fou. Comme si un python s'enroulait autour de ses jambes.

Puis il avait appelé l'ambulance.

Ensuite il avait fait les cent pas. Le feu avait troué son pantalon et brûlé les semelles de ses chaussures.

Le visage de Johan était tourné sur le côté. En s'agenouillant auprès de lui, Junior avait perçu une sorte de gargouillement. L'homme était en vie. Mais son visage avait… fondu. Comme la mozzarella sur une pizza, avait-il pensé plus tard.

Il avait tenté de le soulever. Il ignorait ce qu'il fallait faire.

Il entendit l'ambulance bien avant qu'elle n'arrive.

— J'avais prévu de manger dehors aujourd'hui, dit Johan. Tant qu'on peut, il faut profiter du beau temps. De la petite semaine que dure l'été, par ici.

Junior devinait son ancien visage sous les cicatrices. Ses yeux étaient toujours les mêmes, son regard n'avait pas changé. On lui avait refait des oreilles en prélevant de la peau sur des souris de laboratoire. Son menton était resté intact, sa barbe avait repoussé sur ses joues brûlées. C'était de la magie, comme les ongles des saints qui continuaient à pousser après leur mort.

Depuis quelques années, Johan passait son temps à faire des améliorations dans sa ferme. Il avait transformé la vieille étable ; il était même monté sur le toit pour astiquer la girouette. Et il avait construit un nouveau bâtiment pour les bêtes (des Aberdeen Angus). Elles pouvaient entrer et sortir comme elles voulaient, maîtriser leur existence, jusqu'au jour où la bétaillère viendrait les emmener à l'abattoir.

Dans le jardin se dressait un petit pavillon, fait avec des planches qu'on lui avait données et du bois provenant de la ferme. Les fenêtres, il les avait eues gratuitement grâce à un ami qui travaillait dans le BTP. À l'intérieur, il y avait un poêle récupéré dans la petite maison où ses grands-parents avaient fini leur vie. Un tuyau passant par la façade le reliait à l'extérieur. Johan y avait également installé l'ancien établi de son père. Il était en bois de hêtre rouge et lui servait de table.

— Sers-toi, dit Johan.

— Ça sent bon.

— Oh, c'est un repas tout simple.

Johan remplit les verres et leva le sien pour trinquer.

— Et toi ? demanda-t-il. Tu as des projets ?

— Pas pour l'instant. C'est un peu… compliqué.

— Tu sais, il y a pire dans la vie.

— C'est vrai.

— Tu pourrais peut-être trouver un remplaçant, prendre de vraies vacances. Ça t'est déjà arrivé ?

Toutes sortes de pensées se bousculèrent dans la tête de Hans.

— Ça me paraît un peu étrange comme idée, dit-il finalement.

Pendant un moment, ils restèrent silencieux. Ils finirent leurs assiettes, Johan se leva, débarrassa la table et posa la vaisselle sale dans l'évier. On voyait qu'il était fatigué. Il mit en route la cafetière électrique, alla chercher un morceau de gâteau à la pâte d'amande et le coupa délicatement en deux. Derrière lui, le soleil dessinait un rond sur le mur.

Il eut du plaisir à sentir le couteau glisser à travers la pâte sans abîmer le gâteau.

Quand il revint, Hans contemplait les champs, appuyé contre la rampe de l'escalier. Dieu sait ce qu'il pouvait bien regarder.

Johan avait toujours vu les hommes se tenir comme ça.

Il posa les morceaux de gâteau et les tasses sur la table.

— Le café va bientôt être prêt, dit-il. T'as le temps de manger un dessert ? Ou il faut déjà que tu penses à rentrer ?

Hans haussa les épaules, se retourna, regarda le gâteau qui trônait sur la table. Il sourit.

— Va falloir que j'y aille, dit-il. Mais j'ai le temps d'y goûter.

3.

Les cinq libertés

Sylvi

Ne pas souffrir de la faim ou de la soif.

Ne pas souffrir d'inconfort.

Ne pas éprouver de peur ou de détresse.

Ne pas souffrir de douleurs, de blessures ou de maladies.

Pouvoir exprimer les comportements naturels propres à l'espèce.

L'agriculteur l'attendait dans la cour. Un type banal, ni grand ni petit, vêtu d'une combinaison. Des cheveux secs et clairsemés flottant au vent. Il la regardait d'un air méfiant. L'inspectrice. Une intruse. Des gants de travail ocre dépassaient de la poche de sa combinaison ; ils lui firent penser à des pleurotes poussant sur un tronc d'arbre (la veille, en se promenant, elle avait vu un arbre renversé qui en était couvert). Mentalement, elle avait déjà noté que la cour était propre et bien rangée – pas d'outils sales et cassés traînant par terre, pas de moteurs hors-bord rouillés, pas de caisses de pommes de terre ni de cadavres d'animaux. L'exploitation semblait bien gérée. Elle se gara quand même de manière à pouvoir repartir sans faire demi-tour et laissa la clé de contact sur le tableau de bord. Comme toujours. Normalement, elles auraient dû être deux – une pour discuter avec l'agriculteur et une autre pour inspecter les lieux. Sylvi se dit qu'elle avait peut-être eu tort de partir seule, mais tant pis : sa collègue était malade. Elle prit son téléphone, vérifia que la batterie était pleine, ouvrit la portière et descendit.

— C'est vous, Hans ?

D'après le dossier, il avait trente-huit ans. Célibataire. Plusieurs fois récompensé pour son lait de qualité. Aux inspections précédentes, on avait surtout eu affaire à Hans senior. Le père.

— C'est moi, oui.

— Bien. Je viens pour une inspection inopinée.

Elle respira à fond, lui sourit, essaya d'interpréter sa légère grimace, mais il se détourna pour se moucher dans ses doigts. Elle comprit qu'il faudrait s'armer de patience. Comme il ne disait rien, elle se lança :

— C'est beau ici.

Il jeta un regard par-delà son épaule.

— Oui, c'est pas mal.

— Un bel endroit, dit-elle en serrant son téléphone entre ses doigts. Vous pouvez me parler un peu de votre exploitation ?

Des femmes avaient dû vivre là, elle en était certaine. À cause des parterres de fleurs, de la manière dont ils étaient aménagés, des plantes qui y poussaient.

— Et votre père ?

— Il est mort.

— Je suis désolée.

— Ça fait près d'un an. Il est mort à l'automne dernier. Maintenant je vis seul ici.

— Et vous vous en sortez ?

Il hésita.

— Comme ci, comme ça.

— Ça veut dire quoi, comme ci, comme ça ?

— Je ne sais pas trop.

Elle vit le chat se faufiler à l'intérieur – le vent avait entrebâillé la porte d'entrée. C'était normal qu'il puisse entrer dans la maison d'habitation ? L'homme lui laissait peut-être une soucoupe avec des restes de repas ou une gamelle d'eau dans la cuisine. Ou un bol de lait qui commençait à tourner. C'était sûrement révélateur de son caractère.

Un beau visage aux traits un peu grossiers.

Son chef lui avait rappelé qu'elle pouvait omettre certains détails dans ses rapports, se contenter des grandes lignes, ne pas compter les plaques en fer-blanc et les souricières. Et qu'elle n'était pas obligée de prendre le café avec tout le monde.

Elle savait que l'étape la plus délicate, c'était le début. En débarquant dans une voiture officielle, elle avait bousculé les choses, mais rien n'avait encore été dit. Pour l'instant, il ne lui avait rien montré, elle n'avait aucun élément pour tirer des conclusions.

Elle avait appris à bavarder de tout et de rien pour mettre ses interlocuteurs à l'aise. Sa formule préférée : « Nous avons le même but, vous et moi. »

Il savait certainement qu'elle avait le pouvoir de demander la fermeture de l'exploitation. Cela les rendait tous les deux vulnérables. Mais pour des raisons différentes.

Elle remarqua une blessure sur son front. Légèrement tuméfiée. Il y avait posé un sparadrap. Une trace de bagarre ?

— Qu'est-ce qui vous est arrivé ?

— Rien. Juste un petit accident.

— Pas trop grave ?

— J'ai heurté une grosse pierre.

— Vous ne l'aviez pas vue ?

— Elle était à moitié enterrée. Elle a failli me bousiller le tracteur.

— Eh ben.

— Ça va s'arranger. J'ai mis un sparadrap, ça devrait suffire.

Il haussa les épaules.

— Tant mieux, dit-elle. C'est moi qui dois préparer le café ? Vous en avez ?

Il la regarda d'un air perplexe :

— Je m'en occupe

— Il fait assez chaud pour rester dehors, non ?

Elle avait suivi un stage de deux jours sur les techniques de communication. L'animateur leur avait raconté qu'on recommandait aux vigiles de ne pas lever les mains plus haut que la cage thoracique. Quand on agitait les mains en l'air, les personnes alcoolisées ou déséquilibrées pouvaient le prendre comme une menace. Avec des gens abîmés par la vie, c'était pareil : il ne fallait surtout par gesticuler. « En tant qu'inspecteurs, vous devez faire l'effort d'aller vers les gens à visage découvert », avait-il ajouté.

Ce n'était peut-être pas aussi simple. Elle avait lu que les animaux pouvaient également communiquer par leurs expressions faciales.

Mais cette histoire de mains, elle y croyait.

Elle faisait toujours attention à ses gestes.

Quand on arrive dans une ferme, on a parfois le sentiment de voyager dans le temps, avait aussi dit l'animateur. On voit à quel moment l'horloge s'est arrêtée. À quel moment les gens ont cessé de prendre soin de leurs outils et de leurs animaux. C'est souvent lié à un traumatisme. À vous d'essayer d'y voir clair. Il peut s'agir de la mort d'un cheval auquel le fermier était particulièrement attaché. Ou de l'apparition d'un virus rendant le lait marron. Ou alors il a peut-être surpris sa femme en train de s'envoyer en l'air avec le menuisier.

Ça les avait fait rire. Mais elle avait vite été rattrapée par le sérieux. Elle se retrouvait souvent à sourire devant des visages fermés. Comme un petit chien grattant à la porte pour qu'on lui ouvre. Parmi les hommes qu'elle rencontrait, certains disaient qu'ils avaient « tout donné ». Et que cela n'avait pas été suffisant. L'autre jour, un éleveur de porcs avait posé sa tête sur son épaule.

Il venait de faire disparaître vingt porcelets mort-nés.

« Ce dont j'ai besoin maintenant, c'est de repos, avait-il dit. Et de temps. »

— Vous avez reçu un signalement, je suppose ?

Elle hésita avant de répondre :

— On nous a alertés, oui.

— Je vois.

« Ce n'est pas évident de s'en rendre compte, avait dit l'auteur du signalement (il s'agissait d'un cousin). Il débarque parfois à l'improviste, je lui offre du café, on mange un morceau, et puis, tout à coup, il veut rentrer chez lui. Il ne va pas bien. »

— Quand on s'adresse à nous, c'est souvent parce qu'on se fait du souci, dit-elle en le dévisageant. Et c'est aussi une obligation légale de signaler ce qui ne va pas, il ne faut pas l'oublier. En même temps, c'est comme ça que les agriculteurs prennent soin les uns des autres. Qu'ils se montrent solidaires.

Elle prit son courage à deux mains :

— Ça prouve que vous n'êtes pas seul.

Il resta sans voix.

Elle se sentit rougir. S'était-elle trop avancée ?

— Ça devrait vous paraître rassurant, non ?

— Ça me paraît absurde, surtout.

— J'en prends note.

Il secoua la tête.

— Je ne sais pas… Qui c'est qui vous a parlé ?

— Quelqu'un qui s'inquiète pour vous.

— Johan, je suppose.

— Je ne peux pas vous donner de nom.

Il la regarda, mais sans rien dire. Elle en profita pour sortir sa tablette, entra le mot de passe et ouvrit l'appli (elle faisait toujours les choses dans le bon ordre). Finalement, elle n'avait pas le sentiment de s'imposer.

Elle se tourna vers lui :

— Je vais faire un tour à l'étable. Je regarde et je coche les cases. Vous voyez ? C'est tout simple. S'il y a des problèmes, on en discute et on trouve une solution. Je suis là pour vous aider. Je prendrai peut-être quelques photos, mais je ne ferai rien sans vous en parler. Je vous tiendrai au courant de tout.

Il lut : *Accès à la nourriture. État des stalles. Confort des animaux.*

— En général, ça se passe bien, dit-elle.

Il but le reste de son café.

Que répondre, en fin de compte ?

Un jour, un agriculteur avait piqué une colère quand elle lui avait fait remarquer l'absence d'abris dans ses pâturages. Elle avait sans doute manqué de diplomatie, mais le bien-être des animaux était plus important que tout le reste. D'ailleurs, elle avait vu un cadavre dans les champs. Les bêtes ne cessaient de le renifler.

— Je n'ai pas raison ? avait-elle demandé.

L'homme s'était renfrogné. Puis c'était sorti d'un seul coup. Elle avait compris qu'il ruminait les choses depuis longtemps.

— Comme ça, vous vous ramenez, et vous m'apprenez ce que je dois faire.

Il hurlait, tapait du poing contre le mur de l'étable.

— Espèce de sale conne !

— Du calme, du calme, avait-elle répondu.

Mais elle savait que c'était mal parti. Elle serrait son téléphone entre les doigts, comme si ça pouvait l'aider. Tant qu'ils étaient chez lui, elle était à la merci de cet homme. Elle avait regagné sa voiture les mains tremblantes, car il l'avait attrapée par le bras. Elle avait cru qu'elle allait se faire étrangler, qu'il allait l'enterrer comme une bête morte.

Elle avait fondu en larmes. Après coup, elle avait eu honte, mais au moins il l'avait lâchée. Soudain, il avait paru désespéré.

— Ça ne se fait pas ! avait-elle protesté. Vous ne pouvez pas…

Pleurant de plus belle, elle avait dû se cacher le visage dans les mains. Elle avait failli lui écraser les doigts en refermant la portière de sa voiture. En s'éloignant, elle le voyait dans le rétroviseur. Debout dans la cour, l'air stupide, il ne bougeait pas.

Il lui avait fallu du temps pour s'en remettre. Elle avait pris quelques jours de congé, beaucoup dormi. Son chef lui avait expliqué qu'on leur demandait de faire des économies. Elle serait sans doute obligée de repartir seule en inspection. Est-ce qu'elle en serait capable ?

Elle l'avait regardé avec étonnement.

— Oui. Bien sûr que oui.

Elle se sentait investie d'une mission. Elle n'avait pas peur. Elle avait fini par remonter dans sa voiture de fonction. Les veaux, les vaches, les brebis et les chevaux l'attendaient.

Dans la pénombre, elle aperçut des seaux empilés contre le mur. Des documents étaient rangés sur une étagère rabattable. Elle y vit aussi une trousse de premiers secours ornée d'une croix rouge.

— Vous avez combien de bêtes ?

— Vingt-deux vaches, huit bœufs et quelques veaux. Je ne sais plus combien.

— Ce n'est pas un problème. On les comptera, une fois à l'intérieur.

— D'accord.

Un troupeau tout à fait gérable, se dit-elle. Et le propriétaire avait l'air solide. Elle le vit allumer la lumière du plafond. Une brouette était installée sous l'entonnoir du distributeur de granulés. Les sacs devaient être au grenier ; elle y jetterait un coup d'œil. L'homme se dirigea vers les vaches.

— Je viens de les traire, dit-il.

Dans l'étable, tout semblait paisible. Manifestement, les animaux ne souffraient pas. Elle s'arrêta près de la porte pour observer l'agriculteur. Avec bienveillance.

En appuyant son épaule contre le chambranle, elle sentit quelque chose tomber par terre ; on aurait dit du sable. D'un coup de pied, l'homme repoussa un peu de foin tombé dans l'allée centrale. Une vache se redressa et se mit à lui lécher le bas du pantalon. Il lui caressa la nuque.

Les veaux se tenaient deux par deux au fond des stalles.

— J'en compte six.

— Ce doit être ça.

Les lattes du sol étaient mal nettoyées, d'un marron tirant sur le jaune, à moitié pourries. L'une d'entre elles était fendue : un danger pour les sabots des bêtes.

— Il faudra réparer ça.

— Je m'en occuperai.

Quand elle s'approcha des veaux, ils reculèrent pour se blottir contre le mur de fond.

Vous ne me connaissez pas, pensa-t-elle. Vous avez raison d'avoir peur.

Elle leur tendit la main. Un veau finit par s'enhardir et lui donner un coup de langue.

Comme s'il lui tétait les doigts.

Sa mère sommeillait de l'autre côté de la cloison, indifférente au petit qu'elle avait mis au monde.

— Ça, c'est la mère, dit-il.

La vache ne bougea pas.

— Une belle bête.

De son pied, elle heurta un bidon de lait qui traînait par terre. Le veau recula de nouveau. En se penchant pour ramasser le bidon, elle sentit le regard de l'homme. Il essayait sans doute de lire dans ses pensées, de voir les choses comme elle les voyait. Elle esquissa un sourire, prit un air compréhensif.

— Elle n'est pas toute récente, votre étable.

— Elle commence à prendre de l'âge, oui.

— Des visions pour l'avenir de votre ferme ?

Décidément, elle ferait mieux d'éviter ce genre de formules toutes faites.

— Pas trop, non.

— Ce n'est peut-être pas nécessaire non plus.

Elle s'enfonçait.

Faire construire une nouvelle étable coûterait cher. L'homme n'avait sans doute pas d'enfants. Personne ne reprendrait l'exploitation ; tout reposait sur lui.

Elle se contenta de sourire. En longeant les stalles, elle entreprit de lui expliquer les adaptations qui s'imposeraient quand la stabulation libre deviendrait obligatoire.

— Un enclos pour les veaux. Et un enclos pour chaque groupe de vingt-cinq vaches. Allongement de la période de pâturage. Et possibilité de se mouvoir à l'extérieur pour les bêtes qui doivent être logées en stalles.

Jusqu'à présent, elle avait observé l'homme. Maintenant, c'était lui qui l'observait. Elle l'entendait marcher derrière elle. Ils n'étaient plus totalement étrangers l'un à l'autre. Quand elle s'arrêtait, les bêtes tendaient le cou dans sa direction.

Elles étaient en bonne santé.

Elle sentit une langue lécher un pan de sa veste.

— Bonjour, dit-elle en se retournant. Tu veux me saluer ?

Elle tendit la main vers la vache.

Elle enjamba la clôture d'une stalle vide, puis elle fit demi-tour. Marchant sur les grilles du sol, elle se tournait et se retournait sans cesse, cherchant à varier les points de vue pour mieux observer les bêtes. Certaines avaient les flancs et le ventre souillés par des excréments.

Leurs trayons étaient sales.

— Vous produisez combien ?

En attendant sa réponse, elle se pencha en avant pour examiner les pis d'une vache, certaine qu'il avait compris pourquoi.

— Vous les graissez ?

— Régulièrement.

Elle avait remarqué un pot de graisse à traire sur l'étagère rabattable.

— C'est bien.

Il y avait un peu de condensation sur les vitres. Mauvaise circulation de l'air ? Par endroits, les murs s'écaillaient. Elle en prit note.

Elle s'arrêta devant la porte de derrière, qui donnait sur une cour fermée en terre battue. Des reflets de lumière jouaient sur les champs. Quelques centaines de mètres plus bas s'étendait une petite plage.

Des rochers marron tirant sur le roux. Des oiseaux de mer en vol plané. Du sable blond.

D'un côté, une forêt de bouleaux bordait la crique. De l'autre côté, un promontoire s'avançait dans la mer. Sa pointe plongeait dans le fjord, tel un sous-marin figé pour l'éternité. En sortant dans la cour, elle aperçut une sente formant une sorte de couloir sombre. Les bêtes passaient sans doute par là pour gagner les pâturages. Il y avait aussi les inévitables baignoires remplies d'eau (sa collègue Anne-Britt avait photographié un artiste prenant un bain dans une de ces baignoires, puis elle avait punaisé l'image sur le tableau en liège de son bureau).

— Je me répète peut-être, mais cet endroit est magnifique.

Elle avait une autre inspection à faire, et il lui proposa de remplir sa bouteille thermos. Il la lui apporta en courant.

En buvant son café, elle eut l'impression d'être de retour chez lui.

Sur une des photos qu'elle avait prises, elle le voyait en partie, les bottes bien plantées dans une bouse de vache.

Elle ne s'était pas aperçue qu'il était si près. Elle avait cru agir en douce, activer l'appareil photo de son téléphone en se cachant de son bras, comme un joueur de ping-pong.

*

Les cerfs allaient et venaient dans le pré. Le grillage fixé sur des pieux peints en blanc donnait à la ferme un air vaguement colonial. Dans une annonce immobilière, on aurait sans doute qualifié la maison d'habitation Art déco. Les allées du jardin étaient tirées au cordeau. Elle se tourna vers les animaux. Ils s'approchaient lentement du foin qu'on venait de leur apporter. Certains regardaient avec curiosité sa voiture, garée sur le parking avec le moteur tournant à vide. Ils tendaient le cou, humaient l'air.

Le soleil descendait derrière les montagnes.

En baissant le son de la radio, elle entendit le bruit de leurs pattes. Elle vit l'agriculteur sortir de la maison d'habitation.

— Vous êtes en retard. On n'avait pas dit à trois heures ?

— J'ai été retenue.

— On a des invités, dit-il.

Puis il se tut.

— Vous voulez qu'on procède comment ? demanda-t-elle.

— On va prendre la moto tout-terrain, ils y sont habitués. Le bruit ne leur fait pas peur.

L'homme portait une veste en toile huilée, un pantalon de velours côtelé et une casquette. Une tenue qui s'accordait parfaitement avec la clôture en bois, la girouette sur le toit et l'aspect nouveau riche de la propriété. Un énorme tracteur Mercedes trônait dans le champ. Un chien aboyait. Il était attaché par une laisse coulissante.

— Vous vous appelez Sylvi, n'est-ce pas ?

Elle hocha la tête.

L'homme était le seul éleveur de cerfs de la région. Il avait installé à grands frais un abattoir dans l'ancienne grange. Un gros ponte. Sur la route, il avait fait mettre une pancarte : *Viande de cerf écologique, production locale*. La cour était assez grande pour permettre à deux cars de touristes d'y stationner. Les Japonais étaient prêts à payer une fortune pour un médaillon de cerf.

Elle suivit l'homme.

— Vous comptez rester habillée comme ça ?

Elle avait oublié son anorak au bureau.

— Le terrain est humide. Vous risquez de vous salir.

Elle haussa les épaules.

— Bon, allons-y.

— Il fait encore assez jour ?

— Vous étiez censée venir plus tôt.

— Je sais. J'ai été retenue, je vous l'ai déjà dit.

Elle sentit la vibration. Un son de basse fréquence. D'autres animaux arrivaient en courant.

— Ils savent qu'on vient les voir, dit l'homme.

Elle monta derrière lui sur la moto. Pour éviter de tomber, elle dut s'accrocher à son siège.

Il mit les gaz, l'obligeant à lui entourer la taille de ses bras.

Ça le fit rire.

« Un bon vin colle au verre », avait dit un jour un de ses collègues. Elle ne put s'empêcher d'y penser.

Les animaux les attendaient tranquillement dans le pré, mais s'éloignèrent légèrement à leur approche.

Sylvi promena son regard sur leurs pattes et leurs flancs. La harde était divisée en petits groupes. Des familles ? Les faons se tenaient un peu à l'écart. Ils sautillaient, semblaient jouer. Elle admira les bois des mâles adultes, leurs nuques puissantes. Pour le moment, elle n'avait rien vu d'anormal.

Les cerfs étaient certainement les plus sains parmi les animaux auxquels elle avait affaire. Elle avait du plaisir à les voir évoluer en semi-liberté. Contrairement aux porcs, aux vaches et aux innombrables poulets.

Elle guettait des individus se tenant en retrait. Des signes de faiblesse, d'essoufflement, de boiterie. L'homme lui avait dit qu'elle ne découvrirait sans doute pas grand-chose.

— Si vous voulez refaire un tour, vous me le dites. Là, je me contente de rouler un peu au hasard.

— Vous pouvez revenir en arrière ? Et passer au milieu du groupe ?

— Vous avez vu quelque chose que j'aurais dû remarquer ?

— Non. Pas pour l'instant.

Ils repassèrent dans l'autre sens. Elle sentit la boue lui asperger le dos.

— Vous voulez bien vous garer sur l'aire de nourrissage et leur donner des granulés ? J'aimerais les regarder manger.

— Pas de problème. Accrochez-vous.

Avant d'arriver sur l'aire, elle descendit et fit les derniers mètres à pied. Deux ou trois femmes apparurent à la porte du jardin d'hiver de la maison d'habitation. Elle les entendit glousser.

Quelques animaux avaient suivi la moto. En tendant la main, elle put les toucher.

Elle savait que de jeunes phoques s'approchaient parfois des bateaux des chasseurs. Par pure curiosité (*Qui es-tu ? Qu'est-ce que tu fais là ?*). Quand ils s'immobilisaient devant le plat-bord, on n'avait plus qu'à leur enfoncer une gaffe dans le crâne et les hisser dans la barque.

L'homme répandit des granulés par terre.

— Encore un peu, dit-elle.

Les animaux accoururent et se jetèrent sur la nourriture. Par bouffées, leur forte odeur lui frappa les narines.

Elle avait étendu une peau de cerf sur un fauteuil près de son lit. Un cadeau de son père. Parfois, elle sentait son odeur en se réveillant. Comme si une glande de l'animal mort continuait à appeler… À appeler quoi, au juste ? La harde ? Le corps que la peau avait enveloppé ?

Elle s'était créé un espace de rêve où les animaux appelaient leurs congénères.

Quand les premiers animaux furent rassasiés, elle se tourna vers les individus restés à l'écart.

Ne pas respecter la hiérarchie du groupe pouvait être fatal.

— Venez, cria l'homme. C'est votre tour maintenant.

Elle le regarda à la dérobée. De la maison leur parvenaient les basses d'une musique techno.

Les faons s'approchèrent pour manger les restes.
— Vous pouvez rajouter un peu de granulés ?
— Bien sûr.
— Les animaux sont agités ?
— Pas plus que d'habitude.
— Et les jeunes mâles ?
— Ils semblent avoir compris.

Douze animaux allaient être abattus, si elle donnait son accord. Pour le moment, ils étaient invisibles.

Les animaux commencèrent à regagner le pré. La forêt s'assombrissait, paraissait de plus en plus impénétrable. Pas la moindre clairière.

Rien que le tambourinement des pattes.

L'homme se moucha, glissa son mouchoir dans sa poche.

— Vous avez vu ce que vous vouliez voir ?

Il avait le nez rouge, bourgeonnant.

Elle hocha la tête.

— Bon. C'est entendu.

Il remonta vers la maison. Elle voulait encore jeter un coup d'œil par-dessus la clôture – il ne s'y était pas opposé. Elle suivit le sentier jusqu'à un petit bosquet, s'arrêtant de temps à autre pour tirer sur les pieux. Des animaux se tenaient dans la pénombre, elle entendait leur respiration. Quand ils s'approchèrent, elle tendit les mains pour les appeler. C'étaient deux jeunes mâles ; ils reniflèrent ses mains, se demandant sans doute si elle leur apportait de la nourriture. Elle caressa la tête du premier, mais l'autre voulait également se faire cajoler.

Par habitude professionnelle, elle promena son regard sur leurs corps. Des animaux sains, forts ; rien à redire. Effrayés par l'aboiement d'un chien, ils s'enfuirent parmi les arbres – un petit reste des forêts parcourues par leurs ancêtres. Elle renonça à poursuivre son chemin, car la clôture s'arrêtait devant une paroi rocheuse.

Elle avait terminé ses observations. L'air sentait la pluie.

En redescendant vers la ferme, elle entendit le chien aboyer hystériquement. La pluie du soir commença à tomber, la terre paraissait bleue, presque noire. Elle pressa le pas, se hâta de regagner sa voiture. Si, au cours des siècles, l'homme a dressé le chien à avoir peur, ça en dit peut-être plus long sur lui que sur l'animal, pensa-t-elle alors qu'il se mettait à pleuvoir à torrents.

Elle préféra se rendre au bureau plutôt que de rentrer à la maison. Comme ça, elle pourrait rédiger ses rapports tout de suite et participer aux premières réunions du lendemain en visioconférence.

Parfois, les matinées et les soirées se confondaient dans sa tête.

Elle mit en route la cafetière électrique. Des biscuits traînaient dans un bol ; elle les mangea en attendant que le café soit prêt. La faim lui vrillait les entrailles. Elle sortit du réfrigérateur la brique de lait sur laquelle son nom était marqué au feutre noir.

Elle versa du lait dans son café et remua en faisant des huit avec sa cuillère.

Elle aimait bien être seule au bureau pour se débarrasser de la paperasserie. Comme tous ses collègues, elle avait continuellement le sentiment d'être en retard. Elle s'occupait encore de dossiers vieux de six mois et n'avait pas l'impression d'avancer. Comme si des abîmes ne cessaient de s'ouvrir devant elle, faisant surgir de nouveaux problèmes, de nouveaux conflits. Un de ses collègues venait de se faire tirer une balle dans la tête.

Chaque phrase devait être inattaquable devant les tribunaux. Il fallait toujours y penser.

Pour les cerfs, il n'y avait pas de problème. Elle certifia que les animaux se portaient bien, que les cinq libertés étaient respectées. Son regard lui donnait tout pouvoir. Elle savait qu'on viendrait chercher les jeunes mâles sélectionnés dans le courant de la semaine, qu'ils seraient abattus à quelques centaines de mètres de l'endroit où ils avaient passé toute leur vie.

Elle établit un permis de transport pour trois chevaux devant participer à un concours hippique en Allemagne. Le concours serait retransmis sur Eurosport, lui avait dit le propriétaire. Si elle avait un abonnement, elle pourrait le regarder. Et les encourager.

Elle fit quelques étirements.

Elle chercha sur Internet des informations sur le concours. Quand aurait lieu la diffusion ? Comprenant qu'elle était en train de perdre son temps, elle ferma le site.

Elle avait du travail.

Elle téléchargea des documents, répondit à des mails. Il ne lui restait plus qu'à rédiger son rapport sur l'éleveur de vaches laitières. Elle écrivit quelques mots, espérant que la suite viendrait toute seule. Elle parcourut ses notes, passa en revue ses photos. Elles étaient mauvaises ; comme d'habitude, elle avait bougé. Elle en transféra quelques-unes sur son ordinateur, effaça celles qui ne lui serviraient à rien. En fin de compte, qu'avait-elle vu ? N'était-elle pas en train de présenter les choses sous un angle trop favorable ? Non, elle pensait être sincère. Elle était persuadée que l'agriculteur cherchait réellement à s'en sortir, elle voulait l'aider. Dans sa tête, elle revoyait sa ferme, son visage.

Elle se frotta les bras. Se mordit la joue.

Pas question de critiquer un homme qui se débattait seul avec ses difficultés. Qui vivait dans un endroit isolé.

Elle repoussa sa chaise, se frotta de nouveau les bras.

Puis elle avança sa chaise par à-coups et posa la tête sur le repose-poignet que le chef leur avait imposé. « Indispensable pour soulager les tensions musculaires », avait-il dit.

Elle ferma les yeux.

Si elle avait fait des études de vétérinaire, c'était pour aider les bêtes, pour leur éviter de souffrir. Elle n'avait pas imaginé que son travail consisterait aussi à consoler les agriculteurs. Un fil invisible la reliait aux animaux dont elle avait la responsabilité, que ce soient un chat souffrant d'une tumeur à la patte ou un bœuf atteint d'un fourchet au pied.

Ils avaient besoin d'elle. Elle ne les laisserait pas tomber.

Elle avait des fourmillements dans le bras. Elle s'était endormie. Elle sentit une vague douleur, une démangeaison. En y regardant de plus près, elle remarqua une légère tuméfaction entourant un point noir. Comme un grain de beauté. Une tache de feutre noir ? Elle tourna la lampe pour l'examiner. C'était une tique. Elle essaya en vain de l'enlever avec un trombone. Il ne fallait pas que la tête reste accrochée.

L'odeur du cresson cultivé par les jeunes handicapés lui pinça les narines. Il pourrissait dans un grand pot de yaourt liquide. C'était le fruit d'une initiative municipale qu'on les obligeait à soutenir. *Du cresson au prix de la cocaïne,* avait dit un de ses collègues en plaisantant. Elle avait déjà un tiroir rempli de briques allume-feu mauves produites par la même équipe.

Elle mit le cresson à la poubelle.

La tique était toujours là.

Il était sans doute trop tard pour éviter une infection. Elle chercha sur Internet des informations sur les morsures de tiques, regarda une vidéo montrant comment l'insecte faisait jaillir de sa tête une trompe dentée, perforait la chair et les tissus et pompait le sang de sa victime. Elle n'aurait pas dû caresser les cerfs.

Elle lut des articles sur les maladies qu'on pouvait attraper. Tomba sur l'histoire d'une femme qui avait passé trois ans dans le noir, un linge mouillé sur les yeux.

Elle pensa à son frère. À l'endroit où il se trouvait. Elle revoyait son corps quand il rentrait après avoir joué dans le jardin. Joué ? À la manière des hommes, disaient les gens. Dans le couloir, elle devait l'aider à ôter ses chaussures. Et à pénétrer dans le salon (*Qu'est-ce qu'on fait maintenant ?*). Envelopper ses jambes d'un plaid, l'occuper d'une manière ou d'une autre (*On va se reposer un peu*).

Elle lut qu'il n'était plus indispensable d'arracher la tique. La science avait beaucoup progressé. De toute manière, si l'insecte était porteur de virus ou de bactéries, il n'y avait pas grand-chose à faire.

Elle l'examina de nouveau, essaya de l'enlever avec un crayon. La pointe se cassa et la tique ne bougea pas. Elle fit une deuxième tentative, sans plus de résultat. Elle recommença avec un stylo, en enfonçant la plume dans la peau. Cette fois-ci, la tique lâcha prise et tomba par terre. Un petit filet de sang s'écoula. Elle alluma la lampe-torche de son téléphone, chercha l'insecte sous son bureau. Elle eut beau soulever la corbeille à papier et pousser sa chaise, il était introuvable.

La femme vivait-elle toujours dans le noir ? Ou avait-elle fini par guérir ? S'était-elle mariée, avait-elle eu des enfants ? L'histoire datait d'il y a quelques années. Elle se demanda qui s'occupait d'elle. Est-ce qu'on lui apportait des repas frugaux (un œuf à la coque, du pain de seigle, un peu de beurre) ? Est-ce qu'on veillait à ce que l'eau soit à la bonne température avant de mouiller son linge ? Est-ce qu'on y ajoutait des huiles essentielles ? De quel parfum ? Elle imagina la chambre, le linge qu'on tordait, qu'on passait sur les seins et les aisselles de la malade. Et sur son entrejambe. Une amie, une fille, une sœur ? Au bout de quelques années, ne voyant aucune amélioration, qui serait encore là pour prendre soin d'elle ? Une mère âgée ?

Caressant le ventre de sa fille. La graisse de sa fille.

Par une journée grise de novembre.

Sylvi lécha sa plaie pour arrêter le sang.

Elle posa ses mains sur le clavier. Ça suffit, se dit-elle. Cesse de ruminer.

C'était une belle ferme. Elle écrivit : *Une très belle ferme.* Puis : *L'agriculteur, trente-huit ans, paraît sympathique et tout à fait crédible.* Elle avait la langue pâteuse, la nuque raide.

Si je me retrouve seule dans mon appartement, un linge mouillé sur les yeux, tu viendras t'occuper de moi, maman ?

Pour chasser ses pensées, elle reprit sa rédaction. *Le père, qui secondait l'agriculteur dans son travail, est décédé depuis peu. Il serait peut-être utile de faire intervenir le service médical de la municipalité, mais à mon avis un bon suivi permettrait de résoudre les problèmes.*

L'agriculteur semble prêt à coopérer, précisa-t-elle.

Puis elle ajouta : *C'était une belle journée.* Comme si elle voulait jouer les écrivains. Elle alla même jusqu'à donner un ultime détail : *Le café était noir comme du pétrole* – phrase qu'elle effaça immédiatement.

Il lui parut inutile d'utiliser le mot *tragédie.*

Elle rangea ses affaires dans son sac et éteignit la lumière. En se dirigeant vers la porte, elle se heurta aux chaises et donna un coup de pied à un carton rempli de claviers. Puis elle brancha l'alarme. Je suis une employée modèle, pensa-t-elle. Tout devait être fait dans les règles.

*

Sylvi avait grandi plus au sud, dans une ferme dont l'histoire remontait au Moyen Âge. À une époque, ses parents avaient été les plus gros producteurs de légumes de la région. Ils en étaient très fiers. Ils avaient aussi offert au musée local une belle collection de pointes de flèches médiévales, que l'on pouvait admirer dans des vitrines éclairées. Pour les récoltes, la ferme se remplissait de saisonniers d'Europe de l'Est, qui travaillaient nuit et jour. La mère de Sylvi préparait des centaines de repas, faisait cuire d'énormes quantités de pommes de terre et de pâtes. Sylvi se rappelait qu'ils avaient vidé le bac à surgelés du supermarché ; il n'y restait plus une seule côtelette de porc, plus un seul hamburger. Ça l'avait beaucoup amusée. Elle se souvenait aussi des écouteurs qui gisaient dans l'herbe quand les hommes faisaient la sieste, des barbecues jetables qui grésillaient dans la cour, des chemises trempées de sueur qui séchaient au soleil.

Pendant une bonne partie de son enfance, Sylvi s'était levée aux aurores. Avant d'aller à l'école, elle devait aider dans les champs et à l'étable. À son retour, elle faisait ses devoirs sur la table de la cuisine pendant que les tracteurs passaient et repassaient à l'extérieur et que sa mère s'installait pour coudre, la bouche en cul-de-poule.

Elle partageait sa chambre avec son petit frère, car elle seule savait le calmer, disait sa mère. Plusieurs fois par nuit, elle était réveillée par ses marmonnements. Il l'appelait au secours sur un ton mélodramatique et chevrotant qui la remuait jusqu'aux entrailles. Il cherchait à se faire dorloter. Souvent elle s'endormait en serrant son petit corps contre elle. Quand il se réveillait trop tôt, elle lui posait une main sur les yeux et lui ordonnait de rester couché. Et il obéissait, se blottissant contre sa sœur bien-aimée.

Elle adorait la ferme, les chevaux, les champs de blé, les arbres, l'odeur de l'herbe fraîchement coupée. Elle avait fait ses études secondaires au lycée agricole. Elle avait appris à rentrer le tracteur dans la grange en marche arrière. Elle avait travaillé pendant l'été dans une ferme dont les propriétaires avaient besoin de vacances. Elle était tombée amoureuse d'un saisonnier lituanien qu'elle avait vu se laver dans la cour, torse nu. Rien qu'à le regarder, elle avait le bas-ventre en feu. Elle s'était laissé caresser l'entrejambe et lui avait permis d'y mettre deux doigts. Puis elle l'avait touché jusqu'à le faire jouir.

Elle aimait bien ramasser des pierres dans les champs et les jeter dans la remorque du tracteur. Elle acceptait volontiers d'arracher les pommes de terre et de déblayer le sol de l'étable avant le réveil de son père. Elle ne rechignait pas à rester réveillée en attendant la naissance d'un veau, et prenait plaisir à répandre des copeaux de bois dans la stalle où la vache et son petit faisaient connaissance. Avec son Lituanien, tout se passait bien. Ils se retrouvaient dans un vallon à l'écart de la ferme, derrière une pile de pneus ou dans la barque dont son père se servait pour pêcher le hareng. Elle était ravie de rentrer à la maison en cachant son secret. Elle souriait à sa mère qui se faisait continuellement du souci, lui demandait si elle pouvait l'aider, proposait de lui faire la lecture. Un monde s'ouvrait devant elle, un monde que sa mère ignorait. Un monde où elle pénétrerait quand elle se sentirait prête.

Elle était bonne élève. Ses professeurs lisaient parfois ses rédactions à voix haute devant toute la classe. Ça lui faisait honte ; elle ne supportait pas l'idée de les émouvoir avec ses récits stupides sur les vieilles coutumes et le dur labeur des femmes.

Dire qu'ils croyaient à ses fadaises !

Au départ du Lituanien, elle avait d'abord cru qu'il lui manquerait. Mais elle avait simplement été attirée par son corps. Elle pouvait facilement retrouver ces émotions par ses propres moyens. Et puis, elle préférait oublier son visage de chauve-souris.

Il n'avait jamais été question qu'elle reprenne la ferme. Dans l'esprit de ses parents, l'exploitation ne pouvait revenir qu'à son frère aîné. Elle était pourtant bien plus motivée et compétente que lui.

À leurs yeux, son frère avait toutes les qualités. C'était leur chouchou.

Un soir, derrière la grange, il avait pourtant avoué à sa sœur qu'il n'en avait pas envie. Je n'en ai pas le courage, je veux m'en aller, avait-il sangloté dans l'obscurité.

À elle, on avait offert un terrain plein de broussailles. Si elle voulait, elle pourrait s'y faire construire un chalet pour les vacances.

Ça ne lui plairait pas ?

Elle avait quitté le village. Pendant un certain temps, elle avait travaillé ici et là, cherchant en vain un endroit où se fixer. Elle s'était occupée d'un élevage de porcs, mais c'était trop déprimant. Elle avait passé un été en Islande, dans une ferme équestre. Elle y avait mangé du sexe de baleine à la confiture d'oignons en compagnie d'un fermier trapu qui aurait sans doute préféré lui fourrer son propre sexe dans la bouche. Pour mettre fin à ses tentatives de l'embrasser, elle avait dû le gifler. Borgund, sa femme, était obèse, mais Sylvi avait rarement vu quelqu'un porter aussi bien ses kilos superflus. À son départ, elle l'avait serrée si fort qu'elle avait failli lui couper le souffle. Si jamais elle revenait, elle la tuerait, lui avait-elle dit. L'été suivant, elle avait gardé des moutons dans un chalet d'alpage, à Lærdal. Elle s'était longuement promenée dans la montagne avec son bâton de marche. Elle s'était baignée nue dans un trou de rivière derrière le chalet. Le soir, elle lisait la Bible à la lumière de la lampe à pétrole jusqu'à s'endormir. Elle avait aussi recommencé à se masturber (le Lituanien avait resurgi dans sa tête), mais les clochettes des brebis l'empêchaient de se concentrer. De plus en plus, elle aspirait au silence. Parfois, elle ouvrait la petite fenêtre au-dessus de son lit et criait « foutez le camp ! ». L'écho de sa voix résonnait entre les montagnes. Pour chasser les bêtes, elle leur avait lancé une de ses bottes. Puis une raquette de badminton. Et, pour finir, un casier à bouteilles (le lendemain, il avait fallu tout ramasser). Les brebis n'avaient pas bougé. En désespoir de cause, elle était sortie pour les faire déguerpir. Mais en se recouchant elle les entendit de nouveau. Le son de leurs clochettes lui parvenait avec une sorte d'intensité étouffée qui lui rappelait les plaintes nocturnes de son petit frère.

Avant le déjeuner, elle mettait la table aussi lentement que possible. Changeait les couverts de place. Et mangeait son repas – du porridge à base d'eau, avec des airelles et du beurre aux herbes – comme si elle dégustait un plat de grande cuisine, remplissant à peine sa cuillère et mâchant consciencieusement chaque baie. Après avoir fini, elle allait chercher de l'eau au puits. Elle revenait au chalet sans presser le pas, puis elle regardait l'eau bouillir sur le réchaud à gaz, qu'elle réglait au minimum. Elle frottait soigneusement la bouilloire, le bol et les assiettes, les essuyait longuement et rangeait la vaisselle dans le placard. En l'empilant et la rempilant, elle parvenait à faire durer l'opération une bonne heure.

Il lui arrivait de boire un verre d'eau en redoutant le moment où il serait vide. Que faire ensuite ?

À force de se masturber, elle avait les muqueuses à vif.

Son petit frère hantait ses rêves. Elle l'entendait pleurer. En réalité, c'était elle qui pleurait dans son sommeil.

Quatre jours avant la fin de son contrat, elle avait quitté la montagne, les jambes flageolantes. Sans donner d'explication.

Elle avait été admise à l'école vétérinaire d'Oslo. Embarquant ses quelques affaires, elle avait mis le cap sur la grande ville.

— Tu sens l'étable, lui avait dit un de ses camarades venant d'une banlieue chic.

— Alors j'ai atterri au bon endroit, avait-elle répondu.

À la fin de ses études, elle avait d'abord travaillé comme inspectrice des abattoirs. Dans la ville où son frère avait été placé, une jeune femme sans expérience ne pouvait pas espérer grand-chose d'autre. Pour entrer en scène, elle devait attendre que le contremaître ait mis à l'écart les animaux malades. Souvent, elle constatait des traumatismes liés au transport : des agneaux ou des porcs présentant des plaies ouvertes. Rarement des blessures dues aux négligences des propriétaires. Elle soignait les animaux, mais en gardant ses distances : elle se considérait comme une simple auxiliaire de la justice. Il lui arrivait d'écrire des phrases telles que : « Je ne recommande pas de laisser des bovins sans nourriture pendant plus de vingt-quatre heures, car cela pourrait altérer la qualité de leur viande. » Et elle comparait la méthode d'anesthésie à « l'insertion d'une lame de poignard entre le coccyx et le sacrum ».

Les animaux étaient là pour les hommes. Et son travail à elle consistait à « faire fonctionner le système ».

Elle tenait pourtant à les accueillir. Ils avaient longuement voyagé depuis la ferme où ils avaient passé toute leur vie, et elle voulait être la première personne qu'ils voyaient à leur arrivée. La curiosité des agneaux humant l'air en découvrant un lieu inconnu. Les vaches quittant la bétaillère d'un pas lourd, leurs pis asséchés se balançant entre leurs pattes. Les chevaux aussi raides que de vieux messieurs descendant d'un train en catastrophe après s'être réveillés en sursaut – mais ayant quand même eu le réflexe d'emporter leur journal.

Elle les conduisait à leurs stalles, leur donnait à manger et prenait soin d'eux, en attendant que leur existence sur terre arrive à son terme. D'autres mains que les siennes étaient chargées d'y mettre fin. Hors de sa vue.

Elle passait parfois voir son frère pour partager un morceau de tarte à la crème avec lui. Son petit appartement était aménagé avec des meubles de la ferme. Pour être prévenue s'il lui arrivait quelque chose, elle avait donné son numéro de téléphone au personnel de la résidence médicalisée. Un homme d'une vingtaine d'années y travaillait comme animateur, prenait les messages et transmettait les informations.

Après ses visites à son frère, sa mère l'appelait souvent pour avoir des nouvelles.

Quand elle en avait le temps, elle l'emmenait dehors. Elle essayait de le faire jouer au disc golf et l'aidait à accrocher des épis pour les oiseaux devant la fenêtre de sa chambre (est-ce qu'on pouvait considérer ça comme des *activités* ?). Il leur arrivait aussi d'aller à la ferme thérapeutique, où elle le faisait monter à cheval. Ça le rendait si mélancolique qu'il fallait lui acheter une grosse barre chocolatée sur le chemin du retour. Il aimait se blottir contre elle. Ou lui glisser des fleurs derrière les oreilles.

Ça la grattait, car les tiges avaient des épines. Ou de petits poils raides.

Puis on lui proposa un poste nouvellement créé. Elle décida de l'accepter.

Elle apprit à son frère qu'elle allait déménager dans le Nord.

— Tu reviendras me voir ? demanda-t-il.

— Évidemment.

— Et je pourrai venir chez toi ?

— Il y aura toujours de la place pour toi.

Elle avait sous sa responsabilité soixante fermes réparties sur tout le département. Pour visiter les fermes des îles, elle devait compter sur un ferry lent et malcommode. Mais le contrôleur des billets était plutôt beau gosse, et elle finit par le connaître suffisamment pour échanger quelques mots avec lui à chaque traversée. Elle soutenait les jeunes agriculteurs qui peinaient à s'adapter aux nouvelles normes, et aidait les vieux qui s'apprêtaient à vendre pour prendre leur retraite.

— Mon téléphone est toujours allumé, avait-elle dit à son frère. Tu peux m'appeler quand tu veux. Jour et nuit.

L'été, elle voyageait sur les ferries en compagnie d'étrangers et de jeunes qui avaient retrouvé l'habitude de passer leurs vacances dans leur pays natal. En fin de semaine, elle aimait bien louer un des chalets pour touristes construits au bord du fjord – des sortes de cubes design en béton et contreplaqué. Elle adorait être seule et profiter de la lumière. Sauter dans la mer à la sortie du sauna, faire trois ou quatre brasses, plonger et refaire surface.

Elle se soûlait toute seule. Mais la solitude ne lui pesait pas. Une voix intérieure lui disait que c'était ainsi qu'il fallait vivre. Sans voir personne. Sa tâche, c'était ça : assumer cette vie avec dignité. Il lui arrivait pourtant de se morfondre. Parfois, en regardant un oignon se caraméliser dans la poêle, elle se disait que son existence était quand même bien morne.

Pendant son stage sur les pratiques d'inspection, le professeur avait dit une chose à laquelle elle réfléchissait souvent. Selon lui, gérer la ferme de son enfance était une lourde charge. Un fermier âgé lui avait dit un jour qu'il avait constamment le sentiment que ses parents l'observaient.

Un autre lui avait raconté qu'il entendait son père mort sortir dans la nuit pour réveiller les bêtes.

Elle pensa à son frère aîné, qui s'occupait maintenant de la ferme familiale. Le préféré de ses parents. Celui qui lui avait envoyé des fléchettes sur les jambes en criant *danse ! danse !*

Elle-même, de quoi s'occupait-elle ?

Elle téléphona à son petit frère pour lui demander comment il allait.

— Je suis malade, répondit-il.

— Tu veux que je vienne ?

— Oui.

Elle y alla, s'assit sur le bord de son lit et lui prit la main. Et lui tint le seau quand il fit semblant de vomir.

Il aimait être malade. Elle ne s'en formalisa pas.

— Je n'en veux pas, dit-il quand elle essaya de lui faire avaler une cuillerée de soupe.

— Il faut que tu manges.

— Je recracherai tout.

Ils burent du Coca-Cola et grignotèrent des chips de tortilla devant la télévision. Il posa ses pieds sur un tabouret, et elle lui mit un plaid sur les jambes. Mais il insista pour remplir son verre tout seul.

Après avoir terminé les chips, il se nettoya la bouche avec des cure-dents qu'il abandonna sur la nappe jacquard. La nappe venait de la ferme ; elle était posée sur la table du téléphone à une époque où les mobiles n'existaient pas encore.

Il dormait quand elle s'en alla, et elle n'eut pas le cœur de le réveiller. Mais une fois dehors, elle sentit sa vieille haine resurgir (elle lui avait pourtant dit qu'il pouvait l'appeler à toute heure du jour et de la nuit). Une haine contre la vie, contre tout ce qu'elle avait dû accepter, contre elle-même surtout. Quand la porte se referma, elle eut l'impression qu'un coup de sécateur la séparait de son frère.

*

Le ferry se dirigeait vers l'autre rive du fjord. Trois ou quatre semaines s'étaient écoulées depuis qu'elle avait quitté la cour de Hans junior, et elle voyait de nouveau sa ferme se dresser devant elle. Un trésor caché. Elle se leva pour scruter le paysage. Des mouettes volaient au-dessus de sa tête, des gosses grimpaient aux cordages qui maintenaient les canots de sauvetage, où des oiseaux avaient fait leurs nids. Dans les haut-parleurs, une voix annonça qu'on allait bientôt accoster. Comme c'est beau, pensa-t-elle. Elle distinguait le tracteur qui montait de la grève. Les arbres entourant le jardin mystérieux. La maison d'habitation, pas plus grande qu'une boîte en carton déposée au milieu des champs par une main de géant.

Elle lâcha le bastingage et se hâta d'acheter un roulé à la cannelle au kiosque du bateau (elle avait un faible pour le glaçage au sucre). Elle mordit dedans, se dirigea vers l'escalier de la soute, monta dans sa voiture et attendit que le ferry ait fini de manœuvrer. Quand elle avala le dernier morceau de sa viennoiserie, la double porte s'ouvrit. Elle mit les gaz et fit un signe de la main au contrôleur des billets avant de descendre à terre.

Il était assis torse nu sur les marches du perron. À ses côtés, elle vit une assiette avec les restes de son repas. En l'apercevant, il se leva et enfila une chemise mauve.

— Si j'avais su que j'aurais de la visite, je ne serais pas resté à moitié à poil, dit-il.

Elle faillit lui répondre que ça ne la gênait pas.

— Je suppose que vous avez encore des choses à vérifier.

— Si ça ne vous dérange pas.

— En somme, vous me faites passer une sorte d'examen, c'est ça ?

— C'est vous qui le dites.

— Bon, il n'y a pas de problème. Allons-y.

Elle le suivit jusqu'à l'étable. Constatant que sa fonction lui permettait d'accéder à n'importe quel lieu, elle eut un frisson, mais s'efforça de garder une attitude professionnelle. Elle ouvrit son rapport et passa tranquillement en revue les points qu'elle avait relevés à sa dernière visite. Au lieu de réparer la stalle des veaux, il en avait construit une nouvelle. Quand elle appuya sur le bouton du robinet, l'eau coula à flots dans l'abreuvoir. Toutes les fenêtres étaient ouvertes, laissant l'air frais pénétrer dans le bâtiment.

— Les animaux doivent être heureux ici, dit-elle.

— Je pense bien.

Elle constata que les bœufs étaient mieux installés, que le sol avait été passé au jet et que la salle de traite était d'une propreté irréprochable.

— Je ne peux que vous féliciter pour vos efforts.

— J'essaie de faire les choses comme il faut.

— Je n'en ai jamais douté.

— Peut-être pas.

Elle scruta son regard. Qui était cet homme, quels étaient ses rêves ? Il n'était pas du genre à se dévoiler facilement. Il avait sans doute hâte de reprendre son travail. Mais que lui réservait la journée ? Pourrait-elle le deviner en l'observant ?

Pourrait-elle lui poser la question ?

Le courage qui émanait de lui, elle le connaissait. Elle avait toujours été attirée par des hommes malheureux.

— Je peux vous proposer une tasse de thé ?

— Avec plaisir. Si ça ne vous dérange pas trop.

Il alla dans la cuisine, mit en route la bouilloire, sortit un pot de miel – elle avait dû lui dire qu'elle prenait son thé avec du miel – et disposa quelques biscuits sur une planche à découper.

Il craignait sans doute qu'elle s'en aille. Mais elle demanda à emprunter la salle de bains – pour se laver les mains, dit-elle. Elle en profita pour examiner les lieux : les savons, les murs, les bottes qui séchaient dans un coin, la chemise à carreaux, le sac de bois…

Un tabouret dans la cabine de douche. Un bout de savon jaune obstruant la bonde.

— Vous aimez les fromages bleus ? cria-t-il.

— Oui, répondit-elle en refermant la porte de la salle de bains derrière elle. À condition qu'ils ne soient pas trop forts.

Il lui montra un morceau de fromage crémeux :

— Ça vous va ?

Elle hocha la tête.

Il déplia le papier doré, coupa de fines tranches de fromage et les posa sur les biscuits.

— Ah, j'ai oublié le raisin, dit-il alors qu'ils avaient presque fini les biscuits. On le mangera en dessert.

Le temps passa. Ils parlèrent de la ferme, finirent par s'installer dans le séjour. Elle sentait une nervosité dans sa voix. Il dressa un vague portrait de ses parents, s'attarda plus longuement sur son grand-père, le premier à s'installer là. Avant, c'était un hôpital, des médecins allemands y avaient vécu, avaient aidé des filles de paysans et des fils de pêcheurs à venir au monde.

Elle était gênée de pénétrer ainsi dans son intimité.

Que pouvait-il bien penser de cette inspectrice qui rougissait devant lui ?

Au bout d'une heure, elle se leva pour regagner sa voiture. Il l'accompagna, et ils restèrent un moment à regarder la mer. La lumière invitait à la contemplation.

Alors il lui parla de l'île. Elle faisait partie de la ferme. Autrefois on y faisait paître les animaux. On les transportait en barque, et son père et lui s'y rendaient aussi pour changer l'ampoule du phare. Il n'était pas question de faire tourner le moteur du bateau, son père tenait à y aller à la rame. À la fin ils faisaient la traversée juste pour la forme, le phare était automatisé depuis longtemps. Mais son père refusait de renoncer à ses vieilles habitudes. Ça faisait une promenade. Et puis, il y cachait son tabac. Sur le haut de l'armoire électrique. Aller sur l'île, c'était aussi un prétexte pour fumer une cigarette.

— Il était rusé, votre père, dit-elle.

— La prochaine fois, je vous ferai voir la ferme depuis la mer.

Elle sourit.

— D'accord ?

— Est-ce bien prudent ?

Elle fit mine de prendre un air pincé.

— Dans le temps, on y tuait aussi les sorcières, dit-il. On mettait leurs têtes sur des piquets. Pour que les gens les voient de leurs bateaux. Elles avaient la gueule ouverte, c'était répugnant.

— C'est ça que vous voulez me montrer ?

— Non. Mais l'histoire est intéressante.

— Assez terrifiante, quand même.

— Il faudra mettre des vêtements chauds. Dès qu'on s'éloigne de la côte, il peut faire frisquet.

*

Elle recevait parfois des coups de fil de vétérinaires qui avaient besoin de son aide. Qui se rendaient compte qu'ils n'arriveraient pas à temps, qui avaient raté le ferry, qui savaient que c'était une question de vie ou de mort. Est-ce qu'elle pourrait y aller à leur place ?

Ils avaient son numéro de téléphone, connaissaient ses compétences et n'ignoraient pas qu'elle était disponible, puisqu'elle vivait seule. Alors elle renonçait à finir son repas ou à regarder le dernier épisode de son feuilleton préféré – pour récupérer des animaux blessés et terrifiés ou euthanasier un chien de traîneau aux pattes abîmées par le gel.

Un soir de réveillon, elle avait aidé un veau à venir au mondc. On l'avait baptisé Nono.

Après avoir passé une soirée tranquille à regarder la télévision, elle s'était retrouvée dans une cour de ferme, à nettoyer ses mains ensanglantées sous le jet.

Elle pleurait souvent, se disait qu'on lui demandait l'impossible, avait l'impression de passer sa vie dans sa voiture de fonction.

Elle imaginait des chiens boiteux se laissant enfermer dans les sacs qu'elle leur tendait. Elle les appelait : *Venez, venez !* Ses rêves étaient peuplés de brebis éventrées, traînant leurs intestins derrière elles en bêlant faiblement.

Là, il s'agissait d'une chatte. Et l'homme au bout du fil était un simple particulier. Pas un vétérinaire.

— Elle va très mal. Vous ne pourriez pas m'aider ?

— Il faudrait que vous veniez chez moi, alors.

— Tout de suite ?

Il semblait retrouver un peu d'allant.

— Venez d'ici une heure. Je ne serai pas de retour avant. Vous avez de quoi noter mon adresse ?

— J'ai bonne mémoire.

— Notez-la quand même.
— OK.

La chatte était dans un sale état. Des plaies aux pattes arrière. Un voile sur les yeux. Les bords des oreilles déchiquetés. Elle s'était sans doute beaucoup bagarrée dans sa vie.
— Tu as grimpé dans un arbre ? Et tu n'as pas su redescendre ? dit-elle comme si elle consolait un enfant.
— Ça lui arrive parfois.
L'animal essaya de miauler, mais ne fit qu'un petit bruit rauque.
— Je vois à tes oreilles que les oiseaux ont dû t'embêter.
Malgré la semi-obscurité de l'entrée, elle reconnut soudain l'homme.
— Je me souviens de vous.
— Ah oui ?
Elle avait euthanasié au moins deux portées de ses chatons. L'avait-il oublié ?
— Vous êtes déjà venu. Avec elle. Ou avec ses petits.
— C'est vrai. Maintenant je m'en souviens. Mais là, elle a trop mal.
Elle sentit le souffle de la chatte contre sa main. Sa respiration était à peine perceptible.
— J'ai tout essayé, gémit l'homme.
— Dans une situation comme ça, c'est toujours ce qu'on dit.
En tâtant les pattes de l'animal, elle devina des tumeurs.

— C'est trop dur. Elle va me manquer. C'est fou, ce qu'on peut s'y attacher.

— Venez avec moi.

Elle le fit entrer dans la pièce qui lui servait à la fois de cabinet de consultation et de chambre d'amis.

Le couvercle de son congélateur faisait office de table d'opération. Elle y posa un tapis de mousse recouvert d'une alèze.

— Les animaux, c'est comme les êtres humains. Ils urinent quand ils ont peur.

Elle y coucha la chatte et y dirigea la lampe.

— Je crois qu'elle est aveugle, dit l'homme. Elle n'arrête pas de se cogner aux portes et aux murs.

— Elle est très malade.

— Je sais.

La première fois qu'il était venu, elle lui avait recommandé de la faire stériliser. Il n'en avait tenu aucun compte.

— Elle perd ses poils. Je ne peux plus la faire monter sur le canapé.

— Vous pourriez mettre une couverture.

— Je n'y avais pas pensé.

— Cette chatte a déjà beaucoup vécu. Ce n'est peut-être pas plus mal de lui épargner sa neuvième vie.

— Elle a froid.

— Bon, finissons-en. Puisque vous êtes venu jusqu'ici, il n'y a aucune raison de faire traîner les choses.

L'homme hocha la tête.

— En effet. Vous pouvez…

Elle prit un coton et une seringue.

— D'abord un sédatif. Vous voulez bien m'aider ?

— D'accord.

Dans le reflet de la vitre, elle vit l'homme appliquer le coton. Elle tenait à faire participer les propriétaires.

— Voilà. C'est tout ?

— Parfait, dit-elle en se tournant vers lui.

Les pattes cessèrent de bouger. Les griffes étaient sorties. Elles ne se rétractèrent pas.

— Elle dort maintenant.

Elle posa le cathéter et injecta le liquide.

L'air grave et abattu, l'homme se tint immobile.

Au bout d'un moment, elle prit son stéthoscope.

— Son cœur ne bat plus. Elle est morte.

Cédant à une impulsion, elle caressa la joue de l'homme. Il la regarda d'un air perplexe.

— C'est fini, dit-elle. Nicoline ne souffrira plus.

On voyait les dents de l'animal mort. Ses lèvres adhéraient à ses gencives desséchées.

— Tant mieux.

L'homme tenta de refermer les paupières de la chatte. Pas question de la laisser affronter l'éternité les yeux ouverts.

— C'est parfois un peu difficile, dit-elle. On n'y arrive pas toujours.

Il finit par les maintenir fermées – comme s'il pressait l'un contre l'autre les deux morceaux d'un pot cassé en attendant que la colle prenne. Quand il les lâcha, elles restèrent closes. Il poussa un soupir.

— Voilà qui est fait.

Il prit la chatte dans ses bras et se dirigea tranquillement vers le couloir.

— Il vous faut un sac ? demanda-t-elle.

Il secoua la tête.

— J'en ai apporté un.

Elle imagina un trou déjà creusé dans un jardin envahi de mauvaises herbes. Une petite croix en bois avec le nom Nicoline écrit en pyrogravure. Il était certainement du genre à enterrer les animaux de compagnie.

— Bon courage, dit-elle.

Il ne remit pas ses chaussures. Ni sa veste.

— Ça m'a fait du bien, dit-il.

— Que voulez-vous dire ?

Il hésita avant de répondre.

— Ça m'a fait du bien de venir.

— Vous pensez à la chatte ?

— À elle aussi.

— Vous avez d'autres chats ? demanda-t-elle en sentant son cœur battre plus fort.

— Non, mais je voudrais en reprendre un. Vous connaissez des gens qui en ont à céder ?

— Je vais y songer.

— Il faut que je vous paie, je suppose. C'est combien ?

Elle lui indiqua le tarif.

— Tant que ça ?

— Vous n'êtes pas obligé.

— Si, si, je tiens à vous payer.

Il sortit son téléphone.

— Je peux utiliser Google Pay ?

— Pas de problème.

— Bon, faut que je l'active.

Il appuya sur une touche.

— Ça n'a pas l'air de marcher.

Il regarda bêtement l'écran, attendit un moment, puis lui demanda :

— Il se passe quelque chose chez vous ?

Elle regarda son téléphone :

— Pas pour l'instant. Souvent, ça prend un peu de temps.

— Et maintenant ?

Pling. C'était le paiement. Accompagné d'un message : *Tu me fais bander*.

— Vous voyez ? Finalement, vous y êtes arrivé.

— J'ai parfois un peu de mal avec les appareils.

Telle une crevette géante, on devinait la colonne vertébrale de la chatte à travers le plastique blanc du sac.

L'homme se retourna, prit le sac et le posa par terre à côté de ses chaussures. Puis il leva la tête et scruta l'intérieur de son appartement.

— Un trois-pièces ?

Elle hocha la tête.

Il commença à lacer ses chaussures – une paire de sneakers blanches dont le cuir se fendillait.

— Vous me le faites visiter ? demanda-t-il en se redressant.

— Non. Il essaie de dormir.
— Qui ça ?
— Mon mari.
— Je ne savais pas que vous étiez mariée. Il est là ?
— Depuis quelques jours, il ne se sent pas bien.
— Je comprends.

L'homme se baissa de nouveau pour lacer sa deuxième chaussure. Le sac contenant la chatte était toujours à ses côtés.

Elle mit l'alèze et le tapis de mousse dans le panier à linge sale, frotta le dessus du congélateur avec une éponge à gratter, rangea l'entrée et vérifia plusieurs fois si la porte était bien fermée à clé. L'homme était resté un bon moment sans bouger sous les réverbères du parking.

En se brossant les dents, elle s'aperçut qu'elle n'avait plus de force dans les poignets. Elle sentit la migraine arriver.

Ce qu'on a l'air bête, la bouche ouverte, pensa-t-elle. Elle rangea sa brosse à dents et sortit le fil dentaire.

Le fil libéra des fragments de nourriture qui giclèrent sur la glace. Quelques gouttes de sang coulèrent sur ses lèvres.

Elle fit le tour de l'appartement, éteignit toutes les lumières et repassa le fil dentaire.

Elle se rinça la bouche, se gargarisa et enfila le tee-shirt qu'elle mettait toujours pour dormir. Puis elle se coucha en compagnie de son chat, qu'elle avait enfermé pendant la consultation.

— Toi, on te laissera vivre, murmura-t-elle.

Sa fatigue était telle qu'elle craignait de ne pas trouver le sommeil. Elle glissa un oreiller sous sa poitrine, s'efforça de respirer calmement et essaya de ne plus penser aux événements de l'après-midi.

À l'homme qui s'était attardé dans son entrée.

Elle serra l'oreiller dans ses bras.

Elle caressa le chat, qui ronronnait dans l'obscurité.

Un faisceau de lumière éclaira sa table de nuit, comme si une voiture passait dans la rue. Elle comprit que c'était son téléphone.

Elle se retourna sur le côté et regarda l'écran.

Un message : *Revenez. Et mettez des vêtements chauds.*

Signé Hans junior.

Quand elle arriva, il avait déjà enfilé son ciré. Des bretelles, un gros pull rentré dans le pantalon : il ressemblait à un gnome ayant glissé un coussin sous ses vêtements.

— On va passer quelques heures en mer, dit-il.

Un baquet avec un couteau, un rouleau de papier essuie-tout et un gilet de sauvetage.

— Il ne faut jamais demander le poids d'une dame. Du coup, j'ai vu large.

— Vous avez bien fait.

— C'est celui de mon père.

— Je lui en suis reconnaissante.

— Vous avez à peu près la même taille.

— Ah bon ?

— J'espère que vous êtes chaudement habillée ? demanda-t-il en installant le baquet sur la remorque. Trois couches, il faut bien ça.

Il le lui avait dit combien de fois ? En réalité, elle était trop légèrement vêtue.

— Je crois que ça devrait aller, dit-elle.

Il monta sur le tracteur.

— Je vous en prie, dit-il en lui ouvrant la portière de la cabine.

On aurait dit une aile de rapace.

Elle eut le sentiment qu'il la regardait avec un peu trop d'insistance.

— Prenez ma main, je vous aiderai.

Elle posa un pied sur le marchepied, attrapa la poignée de la portière et lui prit la main. Il se renversa en arrière et elle atterrit sur le bord du siège, une cuisse à l'extérieur. Elle ressentit une tension au bas-ventre.

— Vous êtes bien ? demanda-t-il.

Je suis prisonnière, pensa-t-elle.

— Tout à fait.

Il se pencha pour refermer la portière, qui lui résista. Quand il parvint enfin à la claquer, ils se retrouvèrent serrés l'un contre l'autre. Elle reconnut l'odeur caractéristique des cabines de tracteur.

Il mit le contact. Elle sentit une vibration lui parcourir le corps.

La mer était à cinq cents mètres environ. D'un bleu menaçant, presque noir. Des nuages flottaient au-dessus des montagnes.

Elle posa une main sur le volant, lui jeta un regard.

— Ça va ? demanda-t-il.

Elle hocha la tête.

— Pas trop secouée ?

Elle fut obligée de crier pour répondre :

— Un peu.

Il avait mis le bateau à l'eau le jour même. Elle le vit se balancer à quelques mètres du rivage. Un bateau blanc, banal. Avec un moteur Yamaha. Des lettres rouges sur fond gris.

— Vous savez manœuvrer ? demanda-t-il.

— Pas vraiment.

Ils rejoignirent le bateau à la rame. Assise face à lui, elle ne put faire autrement que de le regarder.

— Mon père tenait à ramer jusqu'à l'île. Il était de la vieille école. Les bateaux à moteur, il n'aimait pas ça. Il préférait le silence.

— C'est calme, ici.

— Écouter le silence, ce n'est pas un peu… contradictoire ?

Une goutte de morve coulait sur sa lèvre supérieure. Et ses oreilles étaient quand même très décollées.

Elle respira à fond.

— Moi, j'aime bien, dit-elle.

Il tint le plat-bord pendant qu'elle montait dans le bateau.

— Attention, dit-il.

Il défit les amarres et attacha la barque à la bouée.

— Vous croyez que ça va mordre ?

— Peut-être. Mais je ne peux pas vous le garantir.

Elle s'installa face au vent.

Il tira sur le cordon du démarreur. Des effluves d'essence se mêlèrent à l'odeur iodée.

Il ralentit pour passer entre deux perches de balisage plantées dans les récifs sous-marins, telles des piques à cocktail.

Elle se pencha par-dessus le plat-bord pour scruter les fonds.

Il accéléra de nouveau.

Elle vit la remise à bateaux s'éloigner. Autour d'eux, le paysage changeait de caractère, prenait un aspect étrange. Tout devenait plus petit. Les grands arbres entourant le jardin et la maison ressemblaient à un décor peint à la hâte.

La poupe du bateau se souleva lorsqu'ils affrontèrent les vagues du fjord.

Il commençait à faire frisquet. Elle serra les poings, les rentra dans les manches de sa veste.

À chaque mouvement du bateau, le plat-bord lui frappait le ventre. Elle se protégea de ses mains.

— On va faire le tour de l'île, cria-t-il. Comme ça, vous entendrez peut-être les sorcières.

— Vous croyez ?

— Non, je plaisante. Mais ça fait une belle promenade.

Sentant la nausée monter, elle dut se concentrer pour ne pas vomir. Pas question de rendre tripes et boyaux devant lui. Pas question qu'il voie flotter sur l'eau ce qu'elle avait avalé au cours de la journée.

Elle regarda la succession de pylônes électriques, lut la pancarte interdisant de jeter l'ancre (comme si ça pouvait empêcher les gens de le faire !).

Elle observa les oiseaux perchés sur les rochers, suivit des yeux le défilé des arbres au lointain.

Elle se pencha de nouveau par-dessus le plat-bord pour scruter les fonds que l'on distinguait dans les reflets de lumière. Elle essaya de se laisser pénétrer par les mouvements de l'eau.

Était-ce une bonne idée ?

Devenir liquide.

Elle se tourna vers lui. Il avait la goutte au nez.

Elle aurait voulu apporter un peu de gaieté.

— Tout ça, c'est à vous aussi ? cria-t-elle.

— Je vous montrerai jusqu'où va la propriété.

— D'accord.

Elle remarqua que son gilet de sauvetage était trop petit. Il le boudinait, comme si on le lui avait enfilé de force.

— Cette histoire, je n'aime pas trop, dit-elle. Les îles, je ne suis pas sûre que ça me plaise.

— Maintenant vous ne pourrez plus vous échapper. Vous entendez les enfants pleurer ?

— Non.

— Il faut tendre l'oreille.

— Je me pose une question. Les sorcières, on les emmenait sur l'île pour les tuer, ou elles étaient déjà mortes ? On se contentait peut-être d'y transporter les têtes, non ?

— Je n'en sais rien. Mais je pense qu'on les tuait sur l'île.

— Et à quel moment on leur coupait la tête ?

Ils longèrent l'île. Elle n'avait pas remarqué qu'il avait déroulé une ligne munie d'hameçons.

— Des touristes vont y camper, parfois, dit-il. Là-bas, ou au Petit Haïti.

— C'est autorisé ?

— Pas vraiment. Mais que des gens profitent de l'endroit, pourquoi pas, après tout ? Je ne vais quand même pas les chasser. J'aurais l'air fin.

— Les piquets avec les têtes, ils les installaient où ?

— Sans doute en hauteur. Au sommet de la colline. Il fallait qu'on les voie. Sinon, à quoi bon ?

Le moteur tournait à peine, elle vit sa main vibrer sur la barre du gouvernail.

À l'ouest, où la côte était escarpée, les rochers étaient couverts de guano. Des centaines d'oiseaux planaient dans le ciel. Sous le bateau, les vagues étaient presque imperceptibles, mais on les voyait se briser contre les pierres.

Ils longeaient l'île de très près.

De nouveau, elle essaya d'imaginer les têtes sur les piquets. Mais il interrompit ses pensées :

— Parfois, on y rencontre des élans. Vous ne le croirez peut-être pas, mais autrefois les gens partaient les chasser en bateau. Ils nagent entre les îles. Assez maladroitement, mais ils savent se débrouiller quand il le faut. Dans l'eau, ce sont des proies faciles, mais ils sont lourds à hisser à bord.

Elle vit soudain un poisson frétiller au fond du bateau. Il avait remonté la ligne sans qu'elle s'en aperçoive.

— Il n'y a plus qu'à les ramasser, dit-il.

Avec un peu de fierté dans la voix.

— Vous voulez dérouler la ligne ?

— Ici ? Mais on voit le fond ! dit-elle.

— Il y a un récif sous-marin. Dans le temps, on y attrapait pas mal de lieus noirs. Aujourd'hui, on prend surtout des maquereaux.

— J'adore les maquereaux.

— Ouais.

— Vous n'aimez pas ?

— Ouais, fit-il de nouveau.

— Et le cabillaud ?

— En été, il est trop maigre. Il a un goût de vase.

— C'est quoi, comme goût ?

— On le reconnaît en mangeant.

— Là-bas il y a un banc de poissons. Vous voyez ? Ça bouillonne à la surface.

En effet, elle s'en rendait compte.

— On y va ? dit-il. Si on passe au milieu du banc, on attrapera bien quelque chose, vous ne croyez pas ?

— Je suppose.

Elle sentit immédiatement la ligne se tendre et vit émerger les poissons, scintillants et lustrés. Elle était tout excitée, et il s'en aperçut.

— C'est sacrément lourd, dit-elle.

— Tant mieux.

Il se pencha pour observer la prise.

Elle fit passer les poissons par-dessus le plat-bord, un par un.

— Vous les décrochez ? demanda-t-elle.

— Vous ne voulez pas le faire vous-même ?

— Je n'y tiens pas trop.

— OK.

Il retira les hameçons au fur et à mesure.

— Vous ne les tuez pas ?

— Ils mourront tout seuls.

Elle les regarda.

— Mais celui-là, il respire. Et celui-là aussi.

— Simple réflexe.

— Pas mal de lieus noirs, en effet, constata-t-il quand ils remontèrent à terre. C'est de la bonne nourriture. Le cabillaud, je vous le laisse.

— Vous n'en voulez pas ?

— Non.

Quand il commença à nettoyer les poissons, les mouettes ne tardèrent pas à rappliquer. Sylvi se tenait un peu à l'écart, plissant les yeux contre le soleil bas. Les vagues léchaient ses bottes. En ouvrant les yeux, elle vit avec enchantement les remises à bateaux s'aligner en contrebas des rochers. Elle respira à fond l'air frais, se tourna vers les montagnes et les nuages.

Les oiseaux attendaient autour de Hans junior. Il était tard, mais l'obscurité n'était pas encore tombée.

— Vous ne voulez pas en nettoyer quelques-uns ?

— Non. Sauf si vous m'y obligez.

Elle ne craignait pas de se retrouver avec du sang sur les mains ; elle était quand même vétérinaire. Mais elle détestait toucher le corps gluant des poissons.

Elle le regarda les vider, brandir les viscères, faire mine de les jeter pour pousser les mouettes à décoller. Il s'amusait comme un gosse.

— Je rentre. Vous venez avec moi ?

— Pourquoi pas ?

— Je peux nous préparer un repas simple.

— Ça veut dire quoi ?

— Du thé. Quelques amandes.

— Ça me va.

— Vous pouvez laisser vos bottes là. Je vais prendre votre veste.

Il mit des œufs durs dans une poule en céramique dont les yeux bougeaient quand on la secouait – on aurait dit qu'elle louchait. Il coupa du pain et disposa des tranches de jambon cuit sur un plat de présentation.

Quand ils furent assis, elle lui parla du propriétaire de la chatte. En omettant les détails qui auraient pu le choquer. Suspendu à ses lèvres comme s'il attendait une suite, il frappa un œuf contre le rebord de la table et commença à l'écaler.

— Il avait trop tardé, dit-elle. Il aurait dû faire euthanasier sa chatte bien plus tôt, elle souffrait depuis longtemps.

Il mordit dans son œuf.

— Quand on aime un animal, ce n'est pas si simple.

— Je sais.

Elle lui raconta qu'elle avait caressé la joue de l'homme.

— J'ai agi sur une impulsion. Mais je me demande s'il ne l'a pas mal interprété.

— Vous aviez compris qu'il était malheureux.

— Oui, c'est ça. Et je me suis dit que mon geste ne portait pas à conséquence.

— Ça a dû le réconforter.

— Ce n'est pas l'impression que j'ai eue.

— On ne sait jamais. Les sentiments, ça ne se voit pas forcément.

— En somme, vous pensez que je devrais caresser des inconnus plus souvent ?

— Ce n'est pas ce que j'ai dit. Mais pourquoi pas ? Puisque vous me posez la question.

— Je n'ai plus de chat, dit-il. Alors, c'est au vôtre de prendre le relais.

— Plus de chat ?

— Je ne l'ai pas vu depuis plusieurs semaines. Du coup, il y a de la place pour le vôtre.

Quand la pluie commença à tomber, elle leva la tête.

— J'adore le bruit de la pluie.

— Vous aimez la pluie autant que la mer ?

— Peut-être plus, même. Il y a un lien entre les deux… la pluie et la mer.

— Vous aimez ce qui est humide.

— C'est ça.

Elle se redressa sur le canapé, entrouvrit la fenêtre, vit le bateau bercé par les vagues.

— Et vous, qu'est-ce que vous aimez ?

— Je ne sais pas… La soupe à l'avoine, peut-être.

Il se leva, alla chercher une boîte d'allumettes – il la secoua en marchant –, alluma une bougie et la posa sur la table.

— Ma mère allumait toujours des bougies. Ça créait une ambiance agréable, disait-elle.

— C'est vrai. Vous lui ressemblez ?

— Peut-être un peu.

Ils se turent.

En réalité, sa mère n'avait pas l'habitude d'allumer des bougies. Il avait raconté ça pour meubler le silence. Maintenant il était gêné.

— La pluie ne va pas s'arrêter, dit-il pour se donner une contenance.

— Je pense que vous avez raison.

— Vous voulez que je vous prête un pull ?

— Non, ça va.

De nouveau, le silence retomba.

À la fin, il n'en pouvait plus de rester là à se tourner les pouces. Il glissa la main derrière son dos.

— Oh, dit-elle comme dans un soupir.

Elle ne s'en était pas allée, elle était venue chez lui, tout cela voulait bien dire quelque chose, pensa-t-il.

Elle leva les yeux vers lui.

Elle avait la chair de poule. Ce pull, elle aurait dû l'accepter.

Il lui caressa le dos, descendit jusqu'aux fesses. C'était agréable.

Elle se tourna légèrement, posa la tête sur son épaule. La position était inconfortable, mais ils ne bougèrent pas.

— Vous êtes fatiguée ?

— Pas vraiment.

— Je peux vous… faire visiter la maison, si vous voulez.

— Je veux bien.

Il la fit se relever, la prit dans ses bras, la serra contre lui.

Elle sentit un craquement dans sa colonne vertébrale.

— Vous entendez le bruit ? dit-elle. Vous me débloquez les vertèbres.

Elle posa sa joue au creux de son cou, sentit les poils de sa barbe lui gratter la peau. Il la lâcha, lui prit la main, l'entraîna avec lui.

— Là, c'est le garde-manger, dit-il en ouvrant une porte.

Deux gros congélateurs. Des boîtes de biscuits et des bocaux de confiture s'alignaient sur des étagères.

— La buanderie, c'est au fond, et la cave, par là-bas.

Dans le miroir du couloir, elle vit le rouge lui monter au visage.

— Jusqu'ici j'ai la validation de l'inspectrice ? demanda-t-il.

— Tout à fait.

Elle regarda autour d'elle.

— C'est un annuaire du téléphone, là ?

— Eh oui.

— Ça vous sert encore à quelque chose ?

— Pas vraiment. J'avais oublié qu'il était là. Mon père aimait bien le feuilleter.

Il s'apprêtait à dire quelque chose, mais comprit que ce n'était pas la peine de donner d'autres explications.

— Vous me montrez l'étage ? demanda-t-elle.

— Si vous voulez.

Il monta l'escalier, n'alluma pas la lumière, ouvrit une première porte, puis une seconde. Elle eut à peine le temps de jeter un coup d'œil à l'intérieur, mais sentit une odeur de poussière et d'étable.

Un escalier raide conduisait au grenier.

— C'est là que vous cachez les enfants que vous kidnappez ?

— C'est ça. Vous les entendez frapper contre le sol ?

— Vous avez intérêt à tout me dire.

— Vous êtes une sorcière !

Elle éclata de rire.

Voyant qu'il avait une érection, elle décida de ne pas se dérober. *Tu es venue de ton plein gré, Sylvi. Ce qui t'arrive, tu l'as voulu.*

— Et c'est là que je dors, dit-il en ouvrant la dernière porte.

La lampe de chevet emplissait la pièce d'une lumière froide. Au centre de la chambre trônait un grand lit aux montants en pin et aux draps fleuris. Sur une étagère au-dessus du lit, elle vit une pile de magazines et un réveil rouge vif surmonté de deux petites cloches en métal.

Ici, tout sent la solitude, se dit-elle. Puis elle se reprit : pourquoi ce besoin de pointer du doigt les misères des autres ?

Elle pensa à sa propre chambre. Ce n'était guère mieux. Un disque des mois suspendu à côté de l'armoire. Une vieille carte de la Norvège, achetée dans une brocante, sur le mur opposé. Une carafe à eau sur la table de nuit, un bac à litière sous le radiateur et un godemiché rose traînant dans le tiroir mal fermé de la commode. Le dimanche matin, elle s'attardait souvent au lit, contemplant la carte ou les légumes de saison dessinés sur le disque.

— Vous ne vous déshabillez pas ?

Il n'y allait pas par quatre chemins. Elle ne put s'empêcher de sourire.

— Si.

Il était couché sur le dos, tout habillé, les mains derrière la tête.

Elle eut soudain un accès de pudeur.

— Et vous ? Vous ne bougez pas ?

— Je suis pour le partage des tâches.

— Du coup, vous ne faites rien ?

— Vous voulez que je fasse quoi ?

Elle n'osa rien lui demander. C'était trop tôt.

Elle fit claquer l'élastique de son soutien-gorge.

— Roulement de tambour, dit-elle.

— Quoi ?

— Non, rien.

Elle rougit.

Depuis quelques jours, elle faisait sa toilette au gant seulement. Pas de douche. Mais ici, on ne ferait peut-être pas attention aux odeurs d'étable et de transpiration, se dit-elle.

Il n'aurait pas une vierge immaculée. D'ailleurs, il ne s'y attendait sans doute pas.

Et elle-même ? Elle s'attendait à quoi ?

Elle se leva pour sortir.

— Vous vous en allez ?

Elle ne répondit pas, descendit l'escalier, passa devant les photos accrochées au mur – des membres de sa famille, par ordre chronologique, remontant jusqu'à une époque où il n'y avait pas d'images, seulement des noms. Des personnages coincés. Une femme à la coiffe blanche et à la bouche pincée. Elle remarqua une photo récente, probablement de sa mère. Il y en avait aussi une où on le voyait assis sur les marches du perron à côté de son père. Tous les deux souriaient au photographe d'un air timide. Il avait mis son bras autour des épaules du vieux.

Elle entendit sa voix :

— Vous revenez ?

— Oui. Dans quelques minutes.

Elle pénétra dans la salle de bains.

Le bruit de ventilation de l'étable lui parvint à travers la fenêtre.

Elle prit un gant de toilette, le mouilla et se nettoya l'entrejambe. Elle se frotta aussi le dessous des bras et se passa de l'eau sur le visage.

Elle fut envahie par une sorte de tristesse. Un désaccord entre ses gestes et ses pensées. Elle ignorait pourquoi.

Elle avait la chair de poule.

Pour plus de sûreté, elle se lava encore l'entrejambe.

La morsure de tique semblait sur le point de guérir. Plus de tuméfaction. Plus d'auréole.

Elle le vit soulever la tête dans l'obscurité.

— C'est vous ? demanda-t-il.

Elle se glissa sous la couette.

— Vous ne me connaissez pas.

— Je ne vois pas où est le problème.

Devinant ses seins, il les prit dans ses mains et les serra délicatement.

— Mmm, dit-elle.

Dans un accès de témérité, il se pencha en avant et lui mordilla le téton.

Elle poussa un soupir, se renversa en arrière.

Il mordit plus fort. Elle serra les paupières. Puis elle lui caressa la nuque. Ses cheveux courts lui chatouillèrent la peau. Il laissa ses mains descendre le long de son corps, passa ses doigts sur les plis de son ventre.

Qu'il fasse ce qu'il voudrait.

Il respirait bruyamment.

Elle avait des cuisses aussi souples qu'une pâte à pain. Il essaya de distinguer ses traits, mais elle détourna la tête.

Et pourtant, elle lui offrait tout ce qu'il désirait.

Elle eut de nouveau un soubresaut.

— Tu peux y aller plus fort, dit-elle.

Ce qu'elle avait pris pour un grand lit était en réalité deux petits lits poussés l'un contre l'autre. Gênée par le bois du cadre, elle essaya de changer de position, non sans crainte : si jamais elle faisait bouger les lits, ils risqueraient de se retrouver par terre tous les deux.

Il la heurta de son pied, ses ongles lui égratignèrent la peau.

— Tu préfères comme ça ? demanda-t-il. Ou comme ça ?

— Fais comme tu en as envie.

Est-ce qu'il prenait du plaisir ? Elle le sentait en elle, son sexe était très dur, ils se contorsionnaient comme on le fait souvent quand on couche avec quelqu'un qu'on connaît mal. Ils avaient besoin de se rassurer.

Il était en nage, se mordait la lèvre inférieure, la tension faisait grincer ses mâchoires. Il cherchait manifestement à maîtriser son agressivité.

Il l'écrasait, l'enfonçait dans le matelas, elle se cognait sans cesse contre la tête du lit. Elle essaya de s'aider en glissant sa main entre ses jambes.

Elle sentit l'orgasme approcher.

— Continue, murmura-t-elle.

Elle se rendait bien compte de ses efforts. Et tout à coup elle eut un frisson.

— Là, dit-elle. Là. Non. Peut-être en levrette.

En se retournant, elle eut soudain une impulsion. Elle aurait peut-être pu s'épargner ce geste, mais son désir était trop fort : elle se jeta littéralement sur son sexe et le prit dans sa bouche. C'était une idée étrange, mais elle voulait tant lui donner du plaisir.

Il lui caressa la nuque.

— Voilà, dit-elle. Essayons de nouveau.

Il recommença ses coups de reins, mais ses mouvements firent bouger les deux lits. Malgré ses efforts pour se concentrer, elle dut encore changer de position.

Quand il jouit, elle sentit brièvement une chaleur brûlante dans le bas-ventre.

Autour d'eux, la chambre paraissait différente.

Elle fut prise d'un désespoir sourd. Tout avait été si rapide.

Il se retira brusquement, tomba à genoux tel un moine et resta un moment les yeux fermés.

— Tu pries ?

— Comment ?

— Tu pries ?

— Pas vraiment. Je… Non, rien.

Il se redressa.

— Je ne crois pas en Dieu, dit-il. Et je suis sûr que toi non plus.

— Non. Moi non plus, répondit-elle.

Puis elle chuchota :

— Couche-toi sur moi. De tout ton long.

— Tu supporteras mon poids ?

— On verra.

Rampant sur le ventre, il s'allongea sur elle comme sur une planche de surf, l'enfonça de nouveau dans le matelas, lui souffla dans l'oreille tel un animal. Puis il se souleva pour mieux retomber.

— Ça va ?

— C'est bon.

— Je ne t'étouffe pas ?

Ils restèrent sans bouger, respirant calmement.

— Ne t'endors pas, dit-elle au bout d'un moment. Sinon je vais me noyer.

— Tu es contente ?

— Je suis contente.

Il posa ses mains à plat et souleva tout son corps comme s'il faisait des pompes.

— Tu vis ? demanda-t-il en la regardant dans les yeux.

— Je vis.

Elle se rendit compte qu'il était bel homme. Des pectoraux couverts de poils noirs et frisés. Des muscles qui vibraient sous la peau. Une odeur âcre mais plaisante d'étable et de savon bon marché.

— Tu t'endors ?

Il ne répondit pas. En se recouchant à ses côtés, il fit tomber la couette. Il la ramassa et les en recouvrit.

Elle eut soudain le sentiment d'être entrée par la fenêtre chez son amoureux de jeunesse, dont les parents n'allaient pas tarder à surgir pour la jeter dehors.

Mais il n'y avait pas d'autres adultes dans les parages. Les adultes, c'étaient eux, et alentour il n'y avait que des champs. Ainsi que des bêtes.

*

Un après-midi, alors qu'elle avait la main à l'intérieur d'une vache, son téléphone sonna.

— Je voulais seulement te dire que j'ai ouvert un bocal de hareng, dit-il.

— Oui ?

— Tu disais que tu voulais en goûter. Si le hareng ne te plaît pas, j'ai plein de bonnes choses pour aller avec.

Il les énuméra : de la betterave cuite, des pommes de terre nouvelles, du beurre, des poireaux.

— Si tu conduis, tu boiras de l'hydromel. Sinon, j'ai de l'aquavit. Et du chocolat aussi.

Elle éclata de rire.

— Qu'est-ce qui se passe ? demanda-t-il.

— Rien. Je viendrai avec plaisir manger du hareng avec toi.

La vache avait tourné la tête et l'observait attentivement.

— Sûr ? Tu as le droit de ne pas aimer.

Elle regarda la bête dans les yeux. La vache pencha la nuque et plongea le mufle dans sa nourriture.

L'agriculteur la dévisagea.

— Il faut que je raccroche, dit-elle.

— OK.

Elle se tourna vers l'agriculteur.

— Ce sera sans doute un accouchement par le siège. En général, ça se passe bien. Il ne faut pas s'inquiéter.

Il lui sourit d'un air matois :

— Vous avez un copain, maintenant ?

Il avait étalé une nappe propre (brodée par sa mère ?) et disposé la nourriture sur des plats. Elle dégageait une légère odeur. Il éprouvait manifestement une certaine fierté à la servir.

— Manger du hareng en été, ça ne me dérange pas, dit-il.

Il ouvrit une bière, remplit les verres.

Il avait repris du poil de la bête. *En pleine forme*, pensa-t-elle.

Filets de hareng, betteraves, oignon rouge. Pommes de terre. Beurre.

— Ça te va ?

— Ça a l'air appétissant.

— Il ne manque rien ?

— Je ne crois pas.

Il lui montra comment couper le pain azyme et y disposer la garniture. Par couches.

— Du beurre, dit-il. La seule chose que je préfère au beurre…

Mon Dieu. Il n'allait tout de même pas lui raconter une blague graveleuse.

— … c'est un supplément de beurre.

Qu'elle s'endormît dans le fauteuil lui parut tout naturel. Pieds nus et en manches courtes (son pull était tombé par terre), elle s'était laissée aller.

Elle avait passé une jambe par-dessus l'accoudoir. Respirant profondément, elle ronflait un peu.

Il lui caressa la joue. Une joue pleine, à la peau sèche. Petites oreilles joliment dessinées, lobes percés, mais sans boucles.

— Pardon, murmura-t-il en constatant qu'il l'avait réveillée (elle semblait ne pas savoir où elle était).

— J'étais tellement fatiguée, dit-elle en se retournant.

— Ça se voit. Tu veux encore quelque chose ?

— Juste dormir. D'un bon sommeil bien profond. Tu peux m'offrir ça ?

Elle tendit les bras. En le serrant contre elle, elle sentit une odeur d'étable et de transpiration. Et le déodorant imprégnant les plis de sa chemise.

— C'est bon de se faire câliner, dit-il.

— Chut.

Quand ils eurent terminé, ils restèrent allongés sans bouger, étonnés par tout ce que leurs corps étaient capables de leur donner.

— Tu as décidé où tu veux habiter ? demanda-t-il.

— Oui.

— Et ce sera… ?
— Au bord du fjord d'Oslo, répondit-elle.
— Non, sérieusement.
— Ici. Si tu es d'accord.
— Je suis d'accord. Tout à fait d'accord.
Elle crut voir une pointe de malice dans son regard.

Qu'elle soit tombée amoureuse d'un paysan fit glousser ses collègues. Elle n'ignorait pas qu'ils s'estimaient supérieurs (travailler la terre, c'est sale, les bureaucrates sont propres). Ils ne cessaient de dégoiser sur l'esprit rétrograde des agriculteurs, sur leur refus de s'adapter. *Vous n'imaginez pas ce qui m'est arrivé aujourd'hui !*

Son collègue plaisantin avait dit un jour qu'obtenir des transformations dans une ferme était aussi difficile que de déménager un cimetière : « Les habitants ne vous aident pas beaucoup. »

Sylvi ne participait plus à leurs moqueries. Absorbée dans ses pensées, elle essayait d'y voir clair. Elle mangeait ses tartines – préparées sur la planche à découper de Hans, dans la cuisine de Hans –, froissait le papier sulfurisé et retournait à son bureau (*le devoir m'appelle*, disait-elle parfois d'un ton maussade).

Elle les ignorait quand ils chuchotaient derrière son dos. Elle était là pour faire son travail. Elle était au service des animaux.

Reléguant Hans dans un coin de sa tête, elle approcha sa chaise du bureau et ouvrit la boîte de réception de sa messagerie.

Comme la question du conflit d'intérêts finit par se poser, Junior eut droit à une nouvelle inspection inopinée. Il dit à Sylvi qu'il avait trouvé son collègue un peu arrogant. L'homme avait sans doute éprouvé le besoin d'affirmer son autorité.

— Je lui ai fait faire le tour de la ferme, et il m'a semblé impressionné.

Et elle ? Était-elle impressionnée ?

En se réveillant, elle voyait les montagnes sans quitter son lit. Elle observait la grève à marée basse, écoutait le cri de l'huîtrier pie fouillant parmi les algues. Quand elle se levait la nuit pour aller aux toilettes, la lanterne du phare la guidait tel un navire qu'on aidait à contourner les récifs.

N'était-ce pas ce qu'elle avait toujours désiré ?

Anne-Britt l'aida à faire ses cartons et à les transporter dans une camionnette de location. Elle prit aussi des photos des objets que Sylvi ne voulait pas garder, et les posta sur eBay (elle s'appliqua pour lui éviter de brader les choses). Elles travaillèrent en bonne entente, comme deux copines. Elles achetèrent des cafés à emporter, et Sylvi lui proposa des parts de pizza (qui restèrent dans leur carton) ainsi que des feuilletés à la confiture d'abricots (qu'elles mangèrent). Elles poussèrent le son de la radio quand la musique leur plaisait, mais durent ensuite supporter les publicités braillardes.

L'ambiance était excellente.

En fin d'après-midi, elles commencèrent à ressentir de la fatigue. Sylvi avait du mal à choisir ce qu'elle voulait emporter. Jette ça, disait-elle quand elle ne parvenait pas à prendre une décision. De toute manière, elle tenait à poursuivre sa route en voyageant léger. C'était quand même fou, le nombre de bricoles qu'on pouvait accumuler.

Quand elles quittèrent la ville, la radio résonnait toujours en fond sonore.

— Comment tu as fait ? demanda Anne-Britt. Comment tu as fait pour attraper l'amour ?

— Je n'en sais rien, répondit Sylvi, embarrassée.

Sa question maladroite l'avait prise au dépourvu.

Depuis son divorce, Anne-Britt n'avait rencontré personne. S'estimant encore attirante, elle avait pensé que les choses s'arrangeraient toutes seules. Elle était sortie avec des hommes, mais cela n'avait rien donné : elle s'était fait des amis sans trouver un amoureux. Et maintenant le temps pressait. Les hommes sont bizarres, disait-elle. À un moment, Sylvi et elle avaient envisagé d'acheter une petite ferme, de créer un refuge pour animaux maltraités ou en fin de vie. Chacune avait sans doute deviné la solitude de l'autre. À présent il était trop tard. Sylvi avait souvent été tentée de lui suggérer de mettre autre chose que des sous-vêtements thermiques et des bottes pour aller à un rendez-vous. De s'habiller plus sexy. Après tout, elle était jolie.

Elles restèrent silencieuses et les kilomètres défilèrent.

— On ne sait jamais, murmura Sylvi.

— Quoi donc ? demanda Anne-Britt.

À la radio, on vantait un carrelage au prix défiant toute concurrence.

— Nous verrons, répondit Sylvi. Nous verrons comment les choses évolueront. On se connaît à peine, on vient seulement de se rencontrer.

Hans attendait la naissance d'un veau et n'avait pas pu l'aider à déménager, mais il lui avait promis qu'il se débrouillerait pour la recevoir. Et sa collègue serait la bienvenue. Il leur avait préparé un dîner : omelette, hareng et pain de seigle. Ils mangèrent après avoir déchargé la camionnette. Sylvi remarqua qu'il avait mis une ceinture couleur prune et remonté son pantalon au-dessus du nombril (un effort d'élégance en l'honneur des deux femmes qui viendraient s'attabler chez lui ?). Elle ne cessa de le regarder à la dérobée pendant qu'il leur servait à boire et à manger. Il lui sourit par-dessus la table tout en répondant aux questions d'Anne-Britt.

— Et la mise bas ? Elle s'est bien passée ?

— Un joli petit veau.

Ce fut une soirée agréable. Hans junior fit tomber la mousse au chocolat par terre, mais il la ramassa avec une pelle à tarte et déclara que le dessert s'appellerait désormais « chocolat en vrac ».

Ça les fit bien rire.

Et ils mangèrent leur chocolat en vrac accompagné de sauce à la vanille.

À la fin du repas, Hans empila la vaisselle sale dans l'évier et annonça qu'il devait retourner à l'étable.

— Ça m'a fait plaisir de te rencontrer, dit-il à Anne-Britt.

Elle comprit qu'il était temps de s'en aller. En la voyant partir au volant de la camionnette qu'elle devait rendre le lendemain, Sylvi versa quelques larmes. Elle ne pouvait rien faire pour l'aider.

Se sentant toute bête, elle agita longuement la main.

Puis Hans revint dans sa combinaison de travail.

— On dirait que tu as cent ans ! s'exclama-t-elle.

Il lui sourit.

Dans cent ans tout sera oublié – n'est-ce pas ce que disait l'écrivain ?

Ils restèrent un moment à contempler les champs. Comme s'ils réfléchissaient à ce que pouvait bien représenter un tel laps de temps. Finalement, Hans hocha la tête, lui donna une tape sur l'épaule et se dirigea tranquillement vers l'étable.

Il l'avait prévenue : l'endroit pouvait être dangereux pour un petit félin habitué au parquet et aux sols chauffés. Dans la forêt, les renards étaient nombreux et il voyait parfois des chats errants se promener dans la cour.

Mais un chat devait vivre dans une ferme, s'était-elle dit. Plus près de la nature. Avoir accès aux bois et aux fourrés. Et aux insectes. En quoi cela pouvait-il être dangereux ?

Elle le garda à l'intérieur pendant quelques semaines avant de le laisser aller dehors.

Quand elle partait au travail, il se prélassait dans l'herbe. Quand elle revenait, Hans jouait avec lui ; ils semblaient s'amuser depuis un bon moment. Il traînait derrière lui du papier journal attaché à un fil de laine. Cherchant à l'attraper, le chat avait déchiré le papier, qui tenait à peine sur le bout de fil.

Le chat battait l'air de ses pattes, comme un boxeur.

— Tu vois, dit Hans en faisant mine de répondre aux coups.

Un jour, il raconta qu'il lui avait donné du fromage blanc.

— Il adore ça. On est devenus bons amis, tous les deux.

Le chat le suivait désormais à l'étable. Il n'avait pas peur.

— Il se plaît en compagnie des bêtes. Il s'entend bien avec elles.

Après quelque temps, ils se contentaient d'ouvrir la porte pour le faire sortir. Quand il voulait rentrer, il miaulait, sautait contre le chambranle ou essayait de passer par la fenêtre de la cuisine. Ils finirent par le laisser vivre sa vie. Quand un gros chat noir apparut à la lisière de la forêt, ils n'y firent pas attention. Ils ne virent pas non plus qu'un blaireau s'était installé sous un arbre déraciné et rôdait la nuit autour des maisons.

Le soir où le chat ne revint pas, Sylvi ne fut pas trop inquiète. Elle se leva, enfila ses bottes, sortit dans la cour et fit le tour de la maison. De temps à autre elle l'appela, mais sans crier. Elle regarda sous le grenier sur pilotis où Hans rangeait les piquets des fanoirs, mais ne vit que des souris filant se cacher. Elle jeta un coup d'œil dans l'étable :

— Vous l'avez vu ? Non ?

Elle caressa les veaux, les laissa lui sucer les doigts. Ils engloutirent sa main tout entière.

— Allez, ça suffit.

Elle l'appela encore, mais finit par se lasser. Soit il reviendrait, soit il avait voulu changer de vie.

— Il a dû partir dans un club de vacances pour chats, suggéra Hans. Il paraît qu'on s'y amuse bien.

— Tu as sûrement raison. Va pour le club de vacances.

*

Dans le réfrigérateur, il y avait désormais des œufs bio et des tomates-cerises. Dans le bac à condiments on trouvait un tube de wasabi et un bocal de fèves d'edamame – « c'est délicieux dans les salades ». Un jour, Hans junior découvrit un panier d'ouvrages de tricot. Le soir, avant d'éteindre la lumière, il rangeait des tasses de thé sales dans le lave-vaisselle (Sylvi lui avait dit qu'il pouvait découper les sachets de thé et utiliser le contenu comme engrais).

Elle se levait en même temps que lui. Elle craignait parfois de s'imposer, de se montrer indiscrète. Elle se rendait compte qu'il l'observait.

— Bonjour.

À sept heures du matin, il leur fallait du temps pour se familiariser avec le visage de l'autre.

Il avait tant de choses à lui raconter. Tant de choses auxquelles il avait réfléchi en silence, tant de souvenirs dont il pouvait enfin parler.

L'achat de ses reproducteurs, par exemple. Ou le jour où la foudre était tombée sur le pâturage et où son père et lui avaient retrouvé les bêtes dans la forêt d'épicéas. Elles tremblaient, comme si elles avaient été poursuivies par le Diable en personne.

Elle cherchait sa place dans la maison. Elle jeta le vieux pain à moitié rassis, lava le plan de travail, changea les ampoules dans le couloir. Elle trouvait qu'il faisait trop sombre, mais elle avait remarqué que Hans déambulait à l'aise, malgré la semi-obscurité. Grâce à elle, il cessa d'empiler ses vêtements sur la table du séjour, et les serviettes de toilette étaient mieux rangées.

— Tu te conduis comme si tu étais ma mère, lui dit-il un jour.

Au fond, ça lui plaisait.

Elle acheta de nouveaux draps.

Elle enleva les chaudrons en cuivre posés sur la cheminée et les mit sur la première marche de l'escalier du grenier, espérant que Hans finirait par les ranger parmi les vieilleries qui ramassaient de la poussière là-haut. Partout, elle découvrit des objets laissés par son père : des étuis à lunettes remplis de pièces de monnaie, des gommes, des peignes sentant le cirage et la colle. Des quantités de chaussures dans le cagibi sous l'escalier. Tout ce dont elle ne voyait pas l'utilité, elle l'entassa dans des cartons qu'elle remisa au fond d'un placard. Ils n'allaient quand même pas vivre au milieu de toute cette antiquaille.

Elle arracha la toile de jute du couloir, fit disparaître la vieille colle avec une spatule, acheta un rouleau de revêtement souple, mesura la hauteur sous le plafond et découpa des lais sur le sol du séjour. Grimpée sur un escabeau, des clous entre les lèvres et le couteau de tapissier glissé dans sa ceinture, elle s'efforça d'obtenir un effet bien lisse. Elle y passa un week-end éreintant, car des bulles ne cessaient de se former, mais le résultat fut joli. Pas trop mal, en tout cas.

Elle lui parla du déménagement de son frère. Sa mère avait déclaré qu'elle ne pouvait plus le garder à la maison ; prétendant qu'elle avait les articulations en trop mauvais état pour lui donner un coup de main, elle était restée tranquillement assise sur le canapé pendant que Sylvi empilait les cartons dans la camionnette. Sylvi avait déjà déposé son frère dans l'appartement, où il avait été pris en charge par une équipe de femmes entre deux âges. Elle avait passé la journée entière à faire des allers et retours. Quand elle eut enfin terminé, elle rentra pour dire au revoir à sa mère.

— Maman était toujours assise à l'endroit où je l'avais laissée. Elle m'a appelée : « Viens, ma petite ! » Puis elle m'a regardée d'un air stupide en me demandant de lui frotter le dos. « Tout ça me donne des plaques rouges », m'a-t-elle dit.

Après le dîner, Sylvi alla décrocher la veste de Senior et la brandit devant Hans.

— Et ça, qu'est-ce qu'on en fait ?

Hans resta quelques secondes à fixer la chose des yeux comme s'il voyait réapparaître son père. Puis il hocha la tête :

— Jette-la.

*

Débordant du porte-gobelet, le café éclaboussa la housse du levier de vitesses. Un bec de pélican, se dit-elle en regardant le godet que formait le tissu.

Ce n'était pas une clairière qui s'ouvrait devant elle, mais une cour de ferme. Une petite maison blanche entourée d'une pelouse mitée parsemée de pissenlits.

Des plaques en fer-blanc empilées par terre.

La maison était baignée de lumière, comme si l'on avait braqué sur elle un puissant projecteur fixé en haut d'un pylône.

Elle fit marche arrière devant le garage et ouvrit la portière.

— Tu te sens le courage d'y aller toute seule ? lui avait demandé son chef.

— Bien sûr.

Elle se tourna vers l'étable, que la forêt semblait sur le point d'avaler. Un silo gris pâle où se dessinaient des ombres. Un champ en friche. Des bêtes avançant sur une sente étroite. Des bottes de foin au pied du mur.

Le tracteur était garé en pleine côte. Mauvais signe.

Des animaux de la ferme s'étaient mêlés à un autre troupeau. Quand Sylvi avait appelé le propriétaire, il ne s'était pas excusé et n'avait fourni aucune explication. D'après lui, c'était la faute du voisin.

Dans le dossier, elle avait vu que le conflit était ancien. Le dernier rapport faisait état de plusieurs manquements aux prescriptions. Rien n'avait été fait pour y remédier.

L'homme semble peu coopératif, avait-elle lu.

Elle les découvrit derrière la maison. Un homme et une femme assis sur une balancelle, devant un barbecue jetable où gisait une datte carbonisée entourée d'une tranche de lard fumé. La femme paraissait étonnamment soignée. Allure urbaine, coiffure apprêtée.

Déformée, l'une de ses mains reposait sur ses genoux.

— Nous profitons du soleil, dit-elle.

Sylvi savait qu'elle travaillait à la mairie.

La femme de l'exploitant ne cesse de se contredire, disait le rapport. *Elle semble borderline.*

— Celle qui bosse, c'est vous, ajouta-t-elle.

C'était Bjørn, son mari, qui faisait tourner la ferme.

Sur la table étaient posés un pichet de jus d'orange et une boîte de biscuits d'avoine.

— Servez-vous, dit l'homme.

— Merci. Je voudrais me promener un peu, regarder vos installations.

— Je suppose que je ne peux pas refuser.

— Ici, tout est nickel, dit la femme.

— On est venu vous inspecter il y a six mois, je crois ?

— Exact.

— On vous a signalé des choses ?

— Juste quelques bricoles qu'il fallait arranger.

— Et vous avez suivi les recommandations ?

— Bien entendu.

— C'est important…, commença Sylvi.

Elle vit soudain une guêpe voleter autour du visage de la femme.

— C'est important de s'y conformer. Autrement, plus rien ne va.

La guêpe se posa sur la joue de la femme. L'homme la regarda, mais ne fit rien.

— Il paraît que vos bêtes ont tendance à divaguer.

— C'était il y a longtemps.

— Il y a deux semaines ?

— À peu près.

— La clôture de votre voisin s'était abîmée ?

— C'est ça.

— Le voisin dit que la clôture est à vous.

— Il est…, intervint la femme en pointant un doigt sur sa tempe.

L'homme éclata de rire.

— Faut pas écouter ce crétin, dit-il.

— Qui ça ?

— Fåberg. C'est un salopard. Vous devriez faire un tour chez lui. Vous avez vu son étable ?

Elle poussa un soupir.

— Non ?

— Non, je n'y suis pas allée.

— Dans ce cas, je veux vous faire un signalement.

— Ce n'est pas comme ça qu'on procède. Il faut aller sur notre site…

— OK, OK.

Il coupa court d'un geste de la main.

— Puisque je suis là, on va jeter un coup d'œil à l'étable, dit Sylvi. Vous pourriez m'accompagner tous les deux.

— Non. Ma femme reste ici.

Des mouches dans le pichet de jus. Et également sur les biscuits. Sylvi eut soudain l'impression que tout ça traînait dehors depuis plusieurs jours.

La femme secoua la tête.

— Je n'ai pas la force de bouger, dit-elle.

— Elle est fatiguée, dit le mari.

— Je constate, dit Sylvi, que vous avez été récompensé pour la qualité de votre lait.

Il la regarda.

— Eh oui, répondit-il au bout d'un moment. C'est toujours une satisfaction.

— Vous voulez voir la coupe qu'on nous a remise ? demanda la femme. Elle est dans le séjour, je vais aller la chercher.

Son mari la regarda d'un air furieux :

— Tu ne peux pas te taire ?

Quatre chats se faufilèrent par l'interstice entre la maison et la terrasse. On avait arraché les marches du perron, qui gisaient dans l'herbe.

— Vous avez beaucoup de chats.

— Trop, dit l'homme.

— On ne les compte plus, dit la femme. Mais ils tuent les souris.

— C'est déjà ça, dit son mari.

— Et on n'a pas de rats non plus, ajouta la femme. Ni de campagnols.

— On y va ? demanda Sylvi.

En essayant de se lever, l'homme fit bouger la balancelle. On entendit grincer les suspensions.

— Elle est d'occasion, dit la femme.

— Quoi donc ?

— La balancelle. On l'a achetée d'occasion.

Elle poussa son mari pour l'aider à se relever.

— Debout !

Il y parvint enfin. Sylvi le vit épousseter son pantalon. La femme reposa tranquillement sa main déformée par les rhumatismes.

— Et voici que ce Bjørn se tenait debout devant moi, raconta-t-elle quand ils s'attablèrent pour dîner. On aurait dit un animal se réveillant d'une anesthésie, il ne savait plus où il était. J'ai compris que je ne pouvais pas lui faire confiance.

« Je l'ai pourtant suivi. Je ne voulais pas trahir mes pensées, il fallait lui laisser croire qu'il maîtrisait la situation. Il s'est d'abord dirigé vers la grange, comme s'il pensait s'en tirer en ne me montrant qu'elle. J'ai eu l'impression qu'il avait oublié ma présence.

« Ou qu'il cherchait à gagner du temps.

« Du coup, j'ai pris des photos là aussi. Des photos d'ambiance : les rayons de soleil passant par les trous des plaques en fer-blanc. La poussière suspendue dans les faisceaux de lumière. J'ai noté que le distributeur de nourriture était dans un état à peu près correct. La fourche était plantée dans une meule de paille et la brouette était couverte de toiles d'araignées. Je me suis demandé depuis quand on ne s'en était pas servi. Les bêtes étaient peut-être totalement livrées à elles-mêmes.

« La trappe donnant sur l'étable était ouverte. J'en ai profité pour jeter un coup d'œil. Je distinguais à peine la silhouette des animaux.

« Nous sommes descendus. À ce moment-là, il ne me regardait plus. L'air était lourd. La porte était pourtant ouverte, et les bêtes entraient et sortaient à leur guise. Quelque chose n'allait pas, mais je ne voyais pas encore ce que c'était. Les stalles étaient couvertes d'une fine couche d'excréments. Il y avait des mouches partout. Les abreuvoirs étaient remplis. L'eau avait besoin d'être changée, mais il m'a promis de faire le nécessaire. Il en a sorti quelques touffes de foin et d'autres saletés. Puis il a passé le sol au jet.

« — Comme ça, l'inspectrice va être contente, m'a-t-il lancé sur un ton hostile.

« C'est là que j'ai eu le sentiment que les bêtes voulaient me dire quelque chose. Qu'elles voulaient me confier un secret, sans y parvenir.

« Il leur a jeté quelques granulés, mais elles ne les ont pas mangés. La nourriture était-elle rance ? À part ce que j'avais déjà relevé, je n'ai rien vu. Sauf qu'une des génisses avait la queue fracturée. Quand je le lui ai fait remarquer, il m'a affirmé que ça devait être récent.

« — Aïe, a-t-il dit.

« Mais je n'ai pas eu l'impression que ça le troublait plus que ça.

« Est-ce qu'il aurait pu la blesser lui-même ?

« Quand j'ai voulu voir les bœufs, il ne trouvait pas l'interrupteur. Il tournait en rond dans le noir comme un imbécile. La seule fenêtre était masquée par une véritable forêt d'épilobes. Les bœufs étaient énormes, prêts pour l'abattoir. Je lui ai demandé ce qu'il avait prévu, quand on viendrait les chercher. Est-ce qu'il avait organisé le transport ? Il a murmuré quelque chose que je n'ai pas compris, et j'ai dû lui demander de répéter sa réponse. Il allait les faire partir d'ici peu, a-t-il expliqué. Mais il n'avait pas eu le temps de s'en occuper.

« Il m'a fait pitié.

« — C'est ballot, a-t-il bredouillé.

« — Que voulez-vous dire ?

« Il a haussé les épaules.

« J'ai vu que les bêtes étaient très sales. Encore une fois, j'ai eu le sentiment qu'elles voulaient me confier un secret. Pourtant, elles ne bougeaient pas.

« Elles me regardaient fixement. À cause de la végétation, la fenêtre laissait à peine passer la lumière, et j'ai eu l'impression que tout pouvait basculer dans l'horreur. »

L'inspection terminée, ils étaient retournés à la maison. Elle avait essayé de bavarder pour détendre l'atmosphère, mais l'homme avait paru exténué. De temps à autre, il portait un petit objet métallique à sa bouche et inhalait à fond. Des bouffées de menthol s'en dégageaient.

On aurait dit qu'il tétait un pistolet d'abattage.

Remarquant qu'il boitait, elle avait essayé de l'interroger sur sa santé : était-il prêt à affronter les défis de l'automne ?

Il avait gardé le silence.

Elle lui avait aussi demandé quels étaient ses projets. Avait-il des visions pour l'avenir ? Comme d'habitude, le mot « visions » n'avait pas rencontré le moindre écho. Il lui avait appris que la ferme était dans la famille depuis plusieurs générations (en général, ça voulait dire trois), mais que son fils ne voulait pas la reprendre. Manifestement, cela le chagrinait. Son fils vivait en ville. « On ne le voit pas souvent », avait-il dit. Puis il avait parlé de la forêt : elle avait poussé si rapidement. « Ça forme presque un mur. Autrefois, on voyait la mer de la fenêtre de la cuisine. »

— Ses paroles étaient d'une tristesse sans fond, dit-elle. Il m'a semblé si fragile ; je m'attendais presque à le voir pleurer, mais ses larmes ne sont pas montées jusqu'à ses yeux. Ses canaux lacrymaux devaient être bouchés. Du coup, son désespoir suintait de partout : de son regard, de son maintien, de sa voix. Comme une vibration sourde.

Elle voyait Hans aller et venir entre les bâtiments de la ferme, se faire avaler par l'obscurité de l'étable et réapparaître par surprise. Parfois, elle était tentée de le freiner, de le supplier : *reste un peu avec moi*. Mais ce n'était pas possible, il devait continuer. Pour lui, la ferme venait en premier et il était toujours pressé. Il guettait le soleil pour mettre le foin à sécher, observait les nuages annonçant la pluie, sautait dans ses bottes pour drainer les chemins. Tout pouvait s'effriter, se gâter, s'écrouler et il n'avait aucun matelas de sécurité.

Je m'en sors, disait-il.

Elle essayait de comprendre à quoi il pensait quand il lui souriait, car il y avait certainement des choses qu'il gardait pour lui. Des choses qu'elle ne voulait pas savoir, devait-il se dire. Mais elle le voulait ! Elle voyait qu'il souffrait physiquement (et qu'il le cachait). Elle le comprenait à sa manière de bouger dans le lit, à sa façon de soupirer dans son sommeil.

Des signes de douleur échappant à son contrôle.

Quand elle glissait une main sous la couette pour le caresser, il se calmait. Elle avait l'impression de lui voler une part de son intimité, de lui extorquer ses secrets.

— C'est une chance de vivre avec une vétérinaire, disait-il. Comme ça, on ne craint rien.

Parfois il la charriait :

— J'ai ton approbation ?

Ou :

— C'est conforme aux prescriptions ?

Le samedi, en faisant la grasse matinée, elle était réveillée par le bruit du tracteur.

Un soir, en entrant dans l'étable, elle le vit debout contre le mur. Il parlait tout seul.

— Qu'est-ce que tu fais là ?

— J'avais besoin de me reposer un peu. Maintenant, ça va.

— C'est ton dos ?

— Une pause, ça suffit pour me remettre d'aplomb. Tout va bien, je t'assure.

Si elle n'avait pas surgi dans sa vie, il aurait été terriblement seul, se disait-elle souvent. Dans ses pensées, elle revenait sans cesse sur la fragilité de leur histoire. Ils s'étaient rencontrés par hasard et n'arriveraient sans doute jamais à se comprendre vraiment.

Comme ses yeux étaient beaux !

Il est à moi !

Elle l'imaginait sans elle. Elle serait repartie dans le sud du pays, aurait acheté une petite ferme. Elle aurait fini par oublier ce paysage, les longs hivers, les gens qu'elle y avait connus. Elle aurait mené une autre vie. Peut-être aurait-elle pris son frère avec elle. Peut-être aurait-elle trouvé la force de l'aider. Ou pas.

Elle lui téléphona. Il était en train de dîner, le personnel était sans doute pressé de le coucher : à neuf heures, tout le monde devait être au lit.

— Tu me manques beaucoup, dit-elle.

— Toi aussi, tu me manques.

— Ton excursion s'est bien passée ?

Il soupira lourdement.

— Non ?

— C'était loin, on a beaucoup marché. Là-haut il y avait beaucoup de chèvres. Mais je n'ai pas voulu monter à cheval. J'avais peur de tomber.

— En effet, on peut facilement se casser quelque chose.

— Eh oui.

Parmi les activités proposées par la municipalité, les promenades en forêt étaient particulièrement prisées. On allumait un feu de camp, on faisait griller des saucisses, puis on retournait en ville.

Elle se leva.

Un jour, son frère lui avait raconté qu'il aimerait bien sortir avec une fille. Mais il ne savait pas comment s'y prendre.

— Ils nous surveillent tout le temps, avait-il dit.

— Qui ça ?

— Les gens qui travaillent ici. Ils ne m'aiment pas.

Elle avait été convoquée par le directeur de l'établissement, qui lui avait appris que son frère avait essayé d'embrasser une fille souffrant de dystrophie musculaire. Qu'il avait pénétré dans sa chambre, s'était couché sur elle et avait fait des « mouvements obscènes ».

— En vieillissant…, dit-elle à Hans. En vieillissant, qu'est-ce qu'il va devenir ?

— Eh bien…

Hans était manifestement dépassé par le problème.

— Ton frère est quand même correctement logé et nourri. Ce n'est pas l'essentiel ?

— Tu es toujours si pragmatique.

— Mais je le pense réellement ! Est-ce que tout le monde a vraiment besoin de tout avoir ?

4.

L'étrangère

Siriporn

On vit une inconnue parcourir les chemins en terre battue. Une petite silhouette en survêtement, aux longs cheveux fins dénoués, balançant les bras comme si elle faisait du jogging. Quand elle entendait une voiture, elle se mettait sur le bord de la route. Puis elle se retournait en agitant la main, alors qu'elle ne connaissait ni le chauffeur ni les passagers. Au début, on parla de *mariée par correspondance*, et même de *pute thaïe.*

Au volant de sa voiture, Sylvi l'observait. Elle surgissait en bordure de champs, marchant d'un pas vif. La plupart du temps elle était seule, mais on la voyait parfois avec Johan, qu'elle tenait par la main. Un jour, Sylvi s'arrêta pour lui proposer de l'emmener. Elle se promenait avec un bouquet. Un joli bouquet. Sylvi se demanda où elle avait cueilli les fleurs.

— *Nice flowers.*

— Merci.

Sylvi dut répéter deux fois sa proposition. En comprenant enfin, la femme secoua la tête.

— *I love to walk !*

Une lanterne rose était apparue à la fenêtre de la maison où le père et le grand-père de Johan avaient passé toute leur vie. Dans le journal local, qui avait interviewé Johan et Siriporn, on apprenait qu'elle était masseuse professionnelle et qu'elle avait l'intention d'exercer son métier dans son nouveau pays. *Je ne veux pas rester assise à ne rien faire. Je suis prête à me retrousser les manches.*

Quand Sylvi s'était installée chez Hans, personne ne lui avait souhaité la bienvenue. Elle avait beaucoup réfléchi à la façon d'aborder l'étrangère.

En rentrant, elle trouva la maison vide. Elle fit réchauffer des restes et les mangea en écoutant le vrombissement du tracteur dans les champs. Elle prit une douche et mit du linge à laver, car son pantalon était taché de sang. Puis elle choisit une jolie tenue simple.

Aurait-elle le courage d'engager la conversation ? Elle balaya ses réticences, enfila sa veste et se dirigea vers la ferme voisine. Ce n'était pas loin.

Elle remonta l'allée. La maison était modeste, mais on y voyait les vestiges d'une richesse passée.

Elle frappa à la porte. Des bruits se firent entendre à l'intérieur.

On lui ouvrit.

C'était elle. Sylvi l'avait manifestement dérangée en plein repas. Des odeurs de cuisine lui parvinrent.

— Oh, pardon. Vous étiez à table. Je peux revenir plus tard.

— *No. Not.*

Elles se turent.

— *You live there… over there ?* demanda la femme, la bouche pleine.

— Oui.

— *With Hans ?*

— Oui. On vous a parlé de lui ?

— *Yes. Johan has told me.*

Elle enfila une paire de bottes, jeta une veste sur ses épaules.

— *Come, follow.*

— Vous n'êtes pas obligée de…

— *Come. Not eat.*

— Non. J'aurais dû téléphoner avant.

La femme traversa la cour, se dirigea vers l'annexe.

— Venir ? cria-t-elle.

Sylvi enleva ses chaussures dans l'étroit couloir.

— *Oh, so nice !* s'exclama-t-elle en pénétrant dans la pièce principale.

Un canapé en cuir blanc fendillé sous la fenêtre. Des bibelots sur de petites tables d'appoint. Sans doute des objets asiatiques.

Des chats dorés la saluaient sur les étagères en bois blanc.

— *Maneki-neko*, dit Siriporn. *Happiness.*

— *So nice !* répéta Sylvi.

Siriporn alluma des bougies sur une sorte d'autel. Dans les trous des éléphants de jade, des bâtons d'encens rougissaient déjà. Un plateau de teck était saupoudré de cendres fines.

— *You from Thailand ?*

— *Capital. Bangkok. I lived there, long time, but my husband, he died.*

— *I'm so sorry.*

— *Many years ago. No sorrow more.*

À ses mimiques, Sylvi crut comprendre qu'elle avait oublié quelque chose. Elle disparut dans la pièce adjacente. Au bout d'un moment, elle revint avec un bol.

— *You like ?* demanda-t-elle en le secouant.

Sylvi hocha la tête.

— *Fruit caramel.*

Sylvi en prit un, tira sur les bouts du papier pour le défaire et le mit dans sa bouche.

Elle sentit un courant d'air froid contre ses chevilles.

Elle doit avoir dix ans de plus que moi, pensa-t-elle. Au moins. La femme avait une verrue sur la joue. Sylvi y aperçut quelques poils. Elle imagina son mari mort. Quel genre d'homme était-ce ? Avait-il contemplé ce visage, appuyé sur la verrue comme on presse un bouton ? En guise de reconnaissance envers cette femme qu'il avait choisie malgré son vilain défaut ?

— *Good ?* demanda-t-elle. *You took melon ? That's my favorite. More ?*

— *No, thanks.*

Elles restèrent un moment silencieuses. Puis Siriporn se donna une tape sur les cuisses.

— *But you want massage ?*

— *I don't know.*

— *You get one hour for free. Special for you.*

— *I pay, of course.*

— *No, free, for how man helped Johan.*

— *I didn't...*

— *Any allergies ?*

Elle prit Sylvi par la main et l'entraîna en direction d'une petite salle de bains.

— *Take a shower. Be clean.*

— *OK, I really don't know...*

— *When shower last time ?*

Sylvi ne put s'empêcher de rire.

— *OK. I shower.*

— *And just come out when you're ready. I wait here.*

Siriporn referma la porte.

Sylvi regarda autour d'elle. Des taches jaunes autour de la bonde. Des savons bon marché sur un plateau accroché au montant de la douche.

En faisant tomber ses vêtements, elle fut prise d'une sorte d'ivresse.

Était-ce vraiment cela qu'elle avait imaginé ?

Une musique se fit entendre. Ainsi que les pas traînants d'une personne chaussée de pantoufles en cuir.

Sur des guirlandes de post-it figuraient les consignes des diverses aides à domicile qui s'étaient occupées du père et du grand-père de Johan : telle patère pour le gant de la toilette intime, telle autre pour la serviette. Messages rédigés au stylo-bille résistant à l'eau.

Elle eut soudain le sentiment de ne pas être seule. Comme si Hans et Johan étaient là, et qu'ils avaient tous les trois envie de se faire dorloter.

Ridicule, se dit-elle. Il y avait pourtant une part de vérité là-dedans.

Croyant apercevoir un homme dans la glace, elle fit un pas en arrière. Son mollet frôla le radiateur brûlant.

— *Oh fuck !* s'écria-t-elle.

— *You OK ?* demanda Siriporn. *Sylvi, OK ?*

— *Yes. It was the heater.*

— *Yes… very warm.*

Elle se pencha en avant pour examiner sa peau. Le radiateur y avait laissé une marque rouge. Avant de se redresser, elle constata que le lino gondolait. Des odeurs d'humidité et de champignons montaient du fond de la cabine de douche. Du papier journal apparaissait aux endroits où le revêtement mural se décollait. En tirant sur le revêtement, elle découvrit un faire-part de décès. Celui d'un certain Egil Eriksen, dont le nom était suivi d'une brève liste de proches. Continuant à tirer, elle vit une citation de la Bible, ainsi qu'une date (1971). À force de s'acharner, elle finit par déchirer l'annonce.

Elle se releva.

En haut du mur, on distinguait d'autres faire-part. Mais également une publicité pour un marchand de fruits et légumes.

Une sorte de plaisanterie, se dit-elle. Faite par ceux qui avaient posé le revêtement des années plus tôt.

Elle se retourna, fit glisser la porte de la cabine, ouvrit le robinet et passa une main sous le jet.

Elle pensa aux hommes qui avaient vécu là. Elle les imagina se déshabiller, attendre, se pencher en avant pour tenter de distinguer leur visage derrière la buée de la glace. Elle ne put s'empêcher de sourire.

En posant leur casquette sur le radiateur, ils avaient fait tomber des lambeaux de peinture.

Quand le jet fut à la bonne température, elle enjamba le rebord de la cabine, ferma les yeux et laissa l'eau lui inonder la tête, couler dans son dos et clapoter autour de ses pieds. Un souvenir lui revint : elle eut l'impression de courir nue sous une pluie d'été.

Et d'entendre son frère rire.

Elle remplit sa main de gel douche – un savon synthétique, bleu ciel, au parfum de lavande – et commença à se frotter les épaules et les seins.

Une serviette était posée sur le couvercle des toilettes, sans doute à son intention. Siriporn l'attendait dehors, elle le savait. Sylvi la vit tout de suite en ouvrant la porte de la salle de bains. La Thaïlandaise lui prit la main en souriant. Sylvi était contente qu'on s'occupe d'elle.

Accepte sa main.

— *So nice you came*, dit Siriporn.

— *I wanted to say hello… or welcome !*

— *Good, Sylvi. Thank you, that was very polite.*

Elle remarqua que Siriporn boitait légèrement. Son bassin semblait s'affaisser quand elle marchait.

Elle n'osa pas lui demander ce qui lui était arrivé.

Le sauna était un petit box en bois blond, installé dans un coin de la pièce principale.

— *Is that where I am going ?* murmura-t-elle.

— *Yes ! You are cold, Sylvi.*

En effet, elle avait froid.

De vieilles photos étaient accrochées aux murs. La ferme vue du ciel à une époque révolue. Un enfant caressant le ventre d'une baleine, assis sur un rocher. Un éléphant de cirque debout sur ses pattes arrière.

Siriporn lui dit de s'asseoir sur la banquette.

— *Not too warm ?* demanda-t-elle.

— *Not at all.*

— *And drink water.*

Elle montra du doigt un verre d'eau posé sur une étagère. Sylvi le vida d'un seul trait sous le regard de Siriporn.

— *Good. I take it. And come back… twenty minutes.*

La porte se referma.

Sylvi l'imagina préparer la pièce. Sa hanche douloureuse, son corps léger. Elle pensa à son mari. Comment était-il mort ? Assommé par les médicaments ? Ou dans un accident ?

Son cuir chevelu la grattait à cause de la transpiration.

Siriporn lui fit signe de venir.

Elle déplia le tapis en chantonnant. Lui fit signe de nouveau avant d'empiler les serviettes. À la fin, elle posa un panier rempli de flacons d'huiles essentielles sur une tablette à côté de la table de massage.

L'enfant caressait le ventre de la baleine.

Siriporn lui jeta de brefs coups d'œil en agitant la main.

La transpiration coulait sur son visage. *Je fonds*, pensa-t-elle.

Elle posa sa tête dans le creux entouré de chiffons en tissu-éponge.

Sous la table de massage, une petite jardinière de jolies fleurs en plastique.

Les fesses en l'air, elle devait offrir un drôle de spectacle.

— *Relax,* dit Siriporn. *Breathe in and breathe out.*

Elle lui enveloppa le bas du corps d'un drap (l'avait-elle réchauffé sur un radiateur brûlant ?).

Puis les mains de la Thaïlandaise descendirent lentement le long de son dos. C'était agréable de les sentir glisser sur sa peau, tels deux petits poissons sur le sable.

La légèreté de son toucher.

Elle souriait. Un peu de salive tomba sur les fleurs en plastique.

— Comme c'est bon ! murmura-t-elle.

— *You been sick long time ?* demanda Siriporn.

— Comment ?

— *Sick long time ?*

— *Not sick.*

— *Not sick ?*

*

Un bonheur simple, pensa-t-elle. Écouter la pluie, manger des crevettes en compagnie de Hans. Dresser la table avec des assiettes en forme de poisson, y poser un broc d'eau décoré de crustacés. Toutes sortes de détails maritimes accordés au repas.

Est-ce qu'il les remarquerait ?

— À la tienne ! dit-elle.

— À la tienne !

Il était assis en face d'elle. Il s'était mis sur son trente-et-un et s'était mouillé les cheveux (un peu d'eau avait coulé dans son cou).

— Quelle jolie table ! s'exclama-t-il. On fête quelque chose ?

— Rien. Pourquoi faudrait-il toujours un prétexte ?

Elle sentit la nausée monter. Elle déglutit, prit une crevette. Le crustacé lui paraissait bien chétif.

— Regarde ! Un bébé crevette.

— On dirait.

Elle avait lu que les crevettes formaient des bancs ressemblant à des essaims de sauterelles sous-marines. Véritables aspirateurs vivants, elles survolaient les fonds des mers en avalant tout sur leur passage.

Elle faillit le lui raconter, mais y renonça.

À la place, elle commença à décortiquer la crevette. En tirant sur sa carapace, elle la coupa en deux.

— Tu penses à quelque chose ?

— Non.

Elle jeta la crevette abîmée dans le rince-doigts.

— Non, à rien.

Elle en prit une autre, plus grande, qu'elle finit par déchirer aussi.

— Zut !

Il la regarda.

— Décidément, je m'y prends mal, dit-elle.

— Il y en a qui sont un peu molles.

— Je n'aime pas quand elles sont jaunes. Elles ont l'air encore plus mortes.

Elle le dévisagea.

— Tu as raison, dit-il. Essaie avec une troisième.

Et là, elle réussit. La carapace se défit d'un seul coup (la dernière partie tomba telle une capuche).

— Tu vois, dit-il.

Elle l'avala.

— Elles sont excellentes.

— Un peu salées. Celles en dessous sont meilleures.

Il plongea ses mains dans le bol de crevettes.

Elle se rinça les doigts et s'essuya avec sa serviette. La tranche de citron du rince-doigts lui fit penser à un oiseau se baignant dans une fontaine.

— Ta journée s'est bien passée ? demanda-t-il.

— Tout à fait.

Elle voulut lui raconter autre chose… Elle finit par parler des fleurs en plastique. De Siriporn. Elle lui apprit qu'elle était veuve. Une veuve thaïlandaise…

— Des fleurs en plastique ? dit-il.

— Oui. Sous la table.

— C'était agréable de se faire masser ?

— Très.

Elle continua à décortiquer des crevettes en décrivant ce que Siriporn lui avait fait. Les mouvements de ses mains sur son dos, sur ses bras, sur ses jambes. Puis elle commença à garnir sa tranche de pain. Mécontente du résultat, elle disposa les crustacés autrement.

Hans était en admiration devant elle. Toujours aussi méticuleuse.

Elle sourit.

— Tu as quelque chose là, dit-elle.

Il la taquina :

— Tu veux dire là ? demanda-t-il en s'enfonçant l'index dans l'oreille. Ou là ?

Il pointa du doigt son front.

Lasse de ses plaisanteries, elle se pencha en avant, lui toucha la joue et dit d'un ton ferme :

— Là.

Mais soudain elle se leva d'un bond.

— Excuse-moi.

Elle courut aux toilettes, referma la porte derrière elle, tomba à genoux devant la cuvette et rendit le peu qu'elle avait avalé. Les crevettes nageaient dans une sorte de mousse verdâtre.

Elle se redressa et se lava les mains.

Les images d'oiseaux se baignant dans une fontaine eurent du mal à resurgir.

— Et si on travaillait autrement ? demanda-t-elle pour relancer la conversation.

— Que veux-tu dire ?

— Si tu arrêtais le lait, vendais nos quotas et te lançais dans la viande à la place ? Ou dans l'élevage de brebis ? On en a déjà parlé.

Il s'essuya les mains.

— Les bêtes à viande, ce n'est pas donné.

— Mais elles demandent moins de travail. Comme ça, tu n'aurais pas besoin de courir du matin au soir.

— C'est vrai.

— Et on pourrait passer plus de temps ensemble.

— Tiens ! Voilà la citadine qui réapparaît.

— Je ne suis pas une citadine.

— Je sais. Je ne fais que te charrier.

Il reprit des crevettes.

— Elles sont vraiment excellentes. C'est comme ça que je les aime. Bien fermes.

Ils entendirent soudain un bruit. Comme si l'on renversait quelque chose.

— Oh non ! dit-elle quand il se leva pour sortir.

Elle regretta aussitôt sa réaction.

— Tu te sens bien ? demanda-t-il.

— Je n'en ai pas l'air ?

— Tu ne manges rien.

— Je n'ai pas très faim.

— Tu as mal quelque part ?

— Tu veux dire là ? dit-elle en l'imitant.

Il ne put s'empêcher de rire.

Elle lui parla d'un producteur de lait qu'elle avait vu récemment. D'après lui, les marges étaient insuffisantes, on ne pouvait pas continuer comme avant.

Il s'était plaint des frais de transport, du prix de l'engrais.

— Tu pourrais peut-être prendre des vacances, dit-elle. On pourrait passer une nuit à l'hôtel, aller au spa, nous baigner dans la mer.

— Ce n'est pas mon truc.

— Ou tu pourrais te faire masser par Siriporn. Ça ne te plairait pas ?

— Je ne me sentirais pas à l'aise.

— Il faut penser à ton dos. Tu te tiens complètement de travers.

— Je fais des pauses. Du coup, ça va. En ce moment, je n'ai pas de douleurs.

— Les bêtes à viande, ça vit dehors une bonne partie de l'année. Ça se nourrit tout seul. Et les vaches accouchent sans problème.

— Tu crois que ce serait une bonne idée ?

— Et toi ?

Il l'écoutait, bien sûr, mais il pensait à autre chose. Il imaginait un petit garçon donnant des coups de pied dans un caillou. Il se voyait marcher à côté de lui, regarder le caillou rebondir sur la terre battue avant de s'envoler dans les champs et disparaître dans l'herbe.

Ce garçon était peut-être un futur footballeur.

Dans le fond, désirer un fils, c'était humain. Était-il trop tard ? Pouvait-il lui demander ça ? L'existence aurait plus de sens s'il y avait quelqu'un pour prendre sa suite. Un petit garçon à qui il pourrait transmettre quelque chose au lieu de tout abandonner comme un vieux filet de pêche.

Un fils, ça donne une autre dimension à la vie d'un homme. Ça lui permet de prendre de la hauteur.

Les pensées se bousculaient dans sa tête.

Le désir d'enfant avait creusé un vide en lui. Il ne lui en parla pas. Comment aurait-il pu formuler sa demande ? D'ailleurs, qu'est-ce qu'il aimait tant chez elle ? Sa façon de marcher sur le chemin de la ferme, de chanter sous la douche, d'allumer des bougies dans les toilettes, de brûler de l'encens dans l'entrée ?

Il aimait la consoler quand elle était triste.

Il aimait ses avant-bras musclés, qui lui permettaient de rester suspendue au chambranle de la porte de l'étable pendant plus d'une minute, alors qu'il était obligé de lâcher prise au bout de quelques secondes. Et sa chaleur quand elle soulevait la couette pour se blottir contre lui.

Finalement, ce qu'elle proposait n'avait rien de déraisonnable. D'autant qu'il était crevé. Il tenait à peine sur ses jambes. Et ils avaient tous les deux envie de profiter un peu de l'existence.

— D'accord, dit-il. On va vendre les quotas.

Puis il hésita.

— Et… si on essayait de faire un enfant ?

Allongé, il lui tournait le dos. Quand elle le caressa, il se mit à trembler de tout son corps. Elle se glissa hors du lit. *Pauvres de nous.* Sans faire de bruit, elle quitta la chambre et descendit au rez-de-chaussée. Elle sentit son sperme couler sur ses jambes.

Elle urina, penchée en avant. Puis elle s'essuya.

La chemise de Hans traînait par terre dans le séjour. Tout comme son slip à elle. Elle ne put s'empêcher de sourire.

Était-ce le soleil qu'elle guettait en regardant par la fenêtre ?

Oui, la lumière était en train de revenir.

Elle pensa à Hans, qui dormait là-haut. Elle pensa aux bêtes dans l'étable. Elle pensa à son frère, qui se demandait sans doute ce qu'elle devenait. Elle pensa à l'enfant qu'elle allait peut-être porter. À quoi ressemblerait-il ?

Elle pensa à la vie qu'elle aimerait tant faire naître.

— J'arrive, murmura-t-elle. Je finirai par te trouver. Si tu le veux bien.

Puis elle s'endormit. Allait-elle disparaître pour de bon ? À son réveil, elle se redressa, finit la vaisselle, posa le sac d'épluchures de crevettes dans l'entrée. Tout à l'heure, elle irait les jeter dans le fjord, ça lui ferait une promenade.

Elle le vit traverser le champ. *C'est lui*, pensa-t-elle en s'arrêtant pour le regarder. Comme si chacun de ses pas s'adressait à elle.

Mon homme.

Sa silhouette se dessinait si nettement. Il mâchouillait un bout de paille. Des brindilles étaient accrochées à sa veste. Il avait le dos tordu et les mains rugueuses. Il savait la masser, la serrer dans ses bras, changer les pneus de sa voiture. Il mangeait des maquereaux à la tomate directement dans la boîte et se retrouvait avec les lèvres couleur corail et les poils de barbe pleins de gras.

— Tu étais sorti ? lui demanda-t-elle dans l'obscurité.

— Il y a toujours quelque chose à faire.

— Tu es l'ange gardien de cette ferme.

— Toi aussi, désormais.

— Et ça me plaît.

Ils restèrent silencieux.

— J'ai l'impression d'entendre l'herbe pousser, dit-elle au bout d'un moment.

— Ah oui ?

— Peut-être parce qu'il se passe quelque chose en moi.

— Peut-être.

*

Elle se coula dans ses routines quotidiennes. Elle s'acheta une combinaison pour l'étable. Quand elle avait le temps, elle l'enfilait pour lui donner un coup de main. Elle ne rechignait pas devant les tâches lourdes : elle enlevait le fumier, portait des sacs de granulés, fixait les pompes à vide, lavait les cuves. Elle répandait la litière, bavardait avec le chauffeur du camion à lait, examinait les bêtes et les soignait si nécessaire.

Pourtant, une distance s'était créée entre eux. Ils pouvaient passer des journées entières sans trouver un moment pour se parler. Elle rentrait tard. Souvent, il dormait déjà à son retour, ou alors ils s'écroulaient tous les deux devant la télévision. Elle avait parfois le sentiment de se cogner la tête contre un mur.

Mais de temps à autre il lui faisait une surprise. Il lui proposait un petit verre de Drambuie ou lui faisait la lecture d'un article de journal. Ou bien il se mettait des pinces à linge sur la langue et sur les oreilles pour imiter une salamandre (*adorable Hans junior !*).

Quand ils faisaient l'amour, il aimait lui pétrir le ventre.

De mémoire d'homme, on n'avait jamais connu un printemps aussi sec.

— Ça va être dur, dit-il. À cette période de l'année, l'herbe devrait être deux fois plus haute. Elle ne pousse plus. Et je pourrais faire cuire des œufs sur le capot du tracteur.

Le soleil vibrait dans le ciel. La chaleur aspirait tout, comme un chien assoiffé. La mare à grenouilles était complètement asséchée, les batraciens pourrissaient au fond, la puanteur montait jusqu'au pont de la grange.

Ils passaient des après-midi entiers dans le jardin, sans rien faire.

Des libellules charnues se jetaient contre les fenêtres de l'étable. Les tiges des épilobes se cassaient sous le poids des bourdons. Dans l'obscurité, les bœufs avaient la langue pendante.

Deux veaux moururent soudainement.

Au bureau, on le disait à voix haute : « les paysans sont à la peine ». L'eau manquait, on fit venir des camions-citernes, mais ce n'était pas suffisant. À la coopérative, on parlait d'abattage d'urgence. Des fermes furent abandonnées. En interdisant l'arrosage, on ne fit qu'aggraver la catastrophe. Une porcherie dut se passer d'eau pendant vingt-quatre heures. Les bêtes criaient si fort que Sylvi dut se faire prêter un casque antibruit pour affronter le vacarme.

Le matin, il lui arrivait souvent de se rendormir, alors qu'il était temps de se lever. Elle avait des éruptions dans le cou. Les journées étaient chaudes et les nuits glaciales. Des conditions météorologiques comme celles de la planète Mars, avec d'énormes variations de température.

— Ça finira par s'arranger, disait Hans.

Puis une vache mourut aussi. Sylvi ne parvint pas à comprendre pourquoi.

Ils commencèrent la fenaison de printemps, mais l'herbe avait à peine poussé. En rentrant du bureau, elle vit le tracteur évoluer dans un nuage de poussière. Johan était assis à l'arrière. Il leur avait prêté une machine à emballer qui ne cessait de débiter du plastique pour envelopper les balles de foin. Comme s'il pansait des footballeurs ayant subi un choc à la tête, se dit-elle.

Le soir, Hans était couvert de sable.

— De la fraîcheur, il n'y en a nulle part, dit-il.

Comment faire pour s'en sortir ?

— Ne pose pas de questions, on va y arriver.

Il alla dans le séjour et ouvrit le buffet. Elle entendit un tintement de verres, puis il revint, fragile et distant, et lui offrit le « schnaps de la paix ».

Hans reçut un coup de fil du délégué départemental à l'agriculture. On organisait une réunion de crise, l'horaire permettrait aux gens de s'occuper des bêtes et Anne-Britt tenait beaucoup à la présence de Sylvi.

— Tu veux qu'on y aille ? demanda-t-il.

— Il faudra bien.

Les participants au débat étaient assis en rang d'oignons. Il y avait le préfet, un vétérinaire, un administrateur de la coopérative, un politicien local et une psychologue. Anne-Britt représentait l'Agence nationale de sécurité alimentaire.

— Je pense qu'on peut commencer, dit le président de la séance. Vous m'entendez tous ?

On hocha la tête.

— Nous vivons des moments difficiles, poursuivit-il. Nous, ici, nous aimerions vous aider. Nous sommes à votre service. Beaucoup d'entre vous ont déjà été en contact avec certains d'entre nous. Notre but est de faciliter votre travail.

« Aujourd'hui, nous sommes là pour vous écouter. Les choses sont en train de changer. Nous le constatons tous. Nos bêtes souffrent. Les politiciens parlent de crise, mais en tant que paysans nous avons une grande faculté d'adaptation. Ce n'est pas la première fois que nous connaissons une année difficile. Des mesures d'accompagnement nous aideront à faire face aux frais de carburant, ainsi qu'à la hausse du prix de l'engrais et des aliments pour bétail. »

La psychologue prit la parole :

— Vous vous demandez sans doute pourquoi je suis là. Or, les travaux agricoles sont liés à ce qui se passe dans nos têtes. Votre expérience vous a appris comment agir dans telle ou telle situation. Mais que faire quand la situation ne ressemble à rien de connu ? Nous devons gérer des vies et des ressources…

Elle s'humecta les lèvres.

L'ombre d'une mouette se dessina sur le rideau.

La psychologue reprit son discours. On ne savait plus apprécier la sagesse paysanne, dit-elle. Les machines prenaient désormais des décisions qui incombaient aux hommes. Où cela allait-il nous conduire ?

— Tout change, les vieux savoirs risquent de disparaître. Dans quelques générations… C'est terrible, car nous en avons besoin plus que jamais. La sagesse paysanne devrait figurer sur la liste du patrimoine immatériel de l'Unesco… On peut tout faire sauf rester indifférent…

Elle répéta sa phrase en soulignant chaque mot :

— On peut tout faire sauf rester indifférent.

Elle but une gorgée d'eau. On fit passer la carafe aux autres participants.

— L'eau, c'est important, murmura-t-elle.

Puis elle continua :

— Je sais à quel point c'est difficile pour vous. Je ne voudrais pas que vous le preniez mal, mais j'interviens parce que je me sens concernée. Parce que je vois que vous avez changé…

On apporta une nouvelle carafe d'eau.

Hans regardait fixement le dos de Siriporn, assise deux rangs devant lui.

— J'aimerais pouvoir vous aider, dit la psychologue. En ce moment, vous devez faire face à une charge de travail particulièrement lourde. Peut-être avez-vous vécu quelque chose de douloureux ; ça peut nous arriver à tous. Si je peux me rendre utile, je suis à votre disposition. Nous pourrions éventuellement en discuter devant une tasse de café…

Pendant l'intervention de la psychologue, la salle s'était à moitié vidée.

Dehors, des gens fumaient une cigarette sous un parasol. Des serveuses poussaient une table roulante sur laquelle étaient posées des cafetières.

— Quelqu'un pourrait-il dire au public de regagner la salle ? demanda l'administrateur de la coopérative.

Des taches rouges étaient apparues dans le cou de la psychologue. Elle se renversa en arrière.

— Quelqu'un pourrait-il aller chercher les gens ?

Johan se dirigea vers la fenêtre et l'ouvrit :

— Revenez. Il se passe des choses ici.

Lentement, la salle se remplit de nouveau.

On présenta les mesures d'accompagnement. Hans écouta attentivement.

— J'ai chaud, chuchota Sylvi.

Prise de vertige, elle s'accrocha à Hans. Il lui caressa doucement la main.

— Qu'est-ce qui t'arrive ?

— Ce n'est rien. Un coup de fatigue seulement. Ne prends pas cet air inquiet.

— On va vous fournir des aliments concentrés, dit la voix.

— Je t'aime, murmura Hans.

De gros haut-parleurs. Un bruit de friture.

— Prends-moi dans tes bras, dit Sylvi.

Il ne put l'empêcher de tomber vers l'avant.

Siriporn se tourna vers eux. Elle se leva d'un coup, vint les rejoindre et frotta le dos de Sylvi.

— C'est toi, Siriporn ?

— *Yes. I'm here. Can I walk with her ?*

Hans hocha la tête.

— *Come*, dit-elle. *Get some air*.

— Les cent premiers kilos seront gratuits, ensuite vous serez remboursés à cinquante pour cent. Puis on verra en fonction des besoins. Les autorités feront tout pour optimiser les chaînes d'approvisionnement. Nous suivrons la situation au jour le jour. Les îles livreront des balles de foin à prix réduit. Le sud du pays sera également mis à contribution. Mais là-bas ils ont également des problèmes, nous le savons.

Johan se retourna. Son visage légèrement simiesque était marbré de rouge. Il fit un signe de tête à Hans.

— Si quelqu'un veut parler de réduction des troupeaux, nous pourrons en discuter à la fin de la réunion. Nous avons ici une représentante de la coopérative des producteurs de viande.

Une femme leva la main pour montrer que c'était elle.

Hans vit Sylvi et Siriporn se diriger vers la sortie. À l'ouverture de la porte, un courant d'air fit bouger les rideaux. Il se tourna de nouveau vers l'estrade, mais ne parvint pas à s'intéresser au débat.

Les deux femmes coururent s'abriter sous le parasol. Des bourdons et des guêpes vrombissaient autour des cannettes de bière qui traînaient par terre. Une odeur de pourriture flottait dans l'air, comme si un oiseau mort gisait dans les broussailles. Deux insectes s'accouplaient sur l'ombelle desséchée d'un cerfeuil sauvage.

— Je ne supporte pas cette odeur, dit Sylvi. On s'en va.

Siriporn la prit par la main. Sylvi n'eut même pas besoin d'ouvrir les yeux. Elles traversèrent la pelouse. Des fleurs mauve pâle luisaient au pied du mur.

À l'intérieur, la réunion se poursuivait.

Gris argent, les montagnes brûlées par la chaleur ressemblaient à une femme adipeuse posant ses bras sur un bat-flanc. Tête penchée, l'air las. D'ordinaire, des plaques de neige subsistaient aux endroits où le soleil ne pénétrait pas ; à présent elles avaient fondu et l'eau s'était écoulée dans la vallée.

À l'autre bout de la pelouse, le parking débordait de camping-cars. En levant la tête vers la montagne, Sylvi vit bouger de petits points noirs – sans doute des touristes partis en escalade malgré les avertissements.

Dans le champ, un essaim de taons bourdonnait autour d'un cheval solitaire.

— Il a l'air si triste.

— *Yes*, dit Siriporn. *Lonely*.

Le cheval agitait à peine la queue, les yeux fermés.

— Quatre litres, dit Sylvi. Un cheval a besoin de quatre litres d'eau par jour.

— *Do you think this horse gets that ?*

— *No. I don't think so.*

Sylvi pensa à son frère. Il adorait les chevaux. Il pouvait passer des heures à les caresser. À ses yeux, les vaches, les brebis et les chats manquaient de dévouement.

À la fin, le cheval de leurs parents n'était là que pour le divertir. Il arrivait au petit trot quand son frère s'approchait de la barrière avec des bouquets de chardons ou de renoncules.

Siriporn fit claquer sa langue. Le cheval remua les oreilles.

— *We have buffaloes in Thailand*, dit-elle. *Not so many horses.*

Une botte de paille gisait sous le soleil brûlant, comme si on l'avait négligemment jetée au milieu du champ. Le fourrage paraissait desséché, peu nourrissant, et Sylvi pensait déjà à le signaler. Où était le propriétaire de l'animal ? Que faisait-il ? Venait-il régulièrement s'occuper de son cheval ?

Siriporn fit de nouveau claquer sa langue en l'appelant d'un geste de l'index, comme si elle essayait de faire venir un chien ou un chat. Le cheval ne bougea pas.

*

Sylvi fabriqua des carrés de potager avec des planches récupérées dans le garage. Elle prit de la terre dans les champs et la transporta dans une brouette. C'était lourd ; elle dut s'arrêter pour respirer et reprendre des forces. Elle vida la brouette dans le jardin et alla chercher du fumier à l'étable. Elle ferait naître un monde nouveau, se dit-elle. Elle incorpora le fumier à la terre et arrosa le mélange.

Aucun enfant ne vint. Des hémorragies eurent raison du peu qui se formait dans son ventre.

On a le droit de renoncer, pensa-t-elle.

— Il y a des gens qui ne deviennent jamais parents. Nous faisons peut-être partie de ceux qui doivent vivre pour autre chose, dit-elle un jour à Hans. Nous avons notre amour. Nous avons nos bêtes, notre ferme. C'est déjà beaucoup.

Elle avait passé en revue les sachets de graines comme elle le faisait autrefois avec les CD chez le disquaire. L'idée lui était venue pendant qu'elle faisait ses courses. Elle avait bavardé avec la jeune fille qui tenait le magasin, et elle était repartie avec des graines de soucis, de persil, d'épinards et de chou.

Aurait-elle assez de place dans les carrés pour tout semer ? Elle n'en était pas sûre.

Elle aimerait y arriver, pourtant. La nuit, elle faisait des recherches sur son téléphone.

Le médecin ne lui avait pas trouvé d'infection, mais elle devait surveiller son état de santé. Les analyses n'avaient pas donné grand-chose. Elle manquait de fer et avait un léger surpoids. On lui recommanda de perdre quelques kilos. Elle avait aussi une carence en vitamine D, mais c'était le cas d'une grande partie de la population.

Prendre des compléments alimentaires, lui avait-on noté sur un post-it.

Elle creusa de petits trous dans la terre et y jeta les graines. Sur les notices, on disait de les enfouir une par une, mais certaines étaient si minuscules qu'elle finit par secouer les sachets au-dessus des trous. Elle mit des bâtonnets entre les rangées. Il aurait fallu y écrire les noms des plantes, mais elle dut renoncer : ses stylos-feutres n'étaient pas assez fins. Ce serait pour la prochaine fois.

Dans le second carré, elle sema des betteraves. Elle avait trouvé un sachet de graines dans un placard ;

à l'abri de la lumière, elles pouvaient se conserver longtemps. Entre les rangées, elle planta de l'engrais vert. Cela servirait aussi à attirer des insectes pollinisateurs. Contemplant le résultat, elle était fière d'elle-même.

Concentrée sur sa tâche, elle ne fit pas attention au bruit de la voiture qui s'approchait, mais le grincement des vieux freins finit par attirer son oreille. Ce n'était pas la voiture de Hans. Elle se redressa, épousseta ses cuisses et se dirigea vers la maison. Ses mains avaient une drôle d'odeur. Était-ce le fumier ?

Elle vit le camping-car descendre lentement à flanc de colline. Plaques d'immatriculation belges. Deux adultes dans la cabine surélevée. Elle essuya ses mains, fit un geste pour les saluer. La voiture se dirigea vers la cour en roulant à une allure saccadée – comme si le conducteur n'avait pas confiance dans les freins et voulait les tester. La carrosserie était cabossée, et une grosse rayure courait parallèlement au logo bleu azur. Quatre vélos étaient attachés à l'arrière.

Un autocollant montrait un chien dont on avait crevé les yeux.

La voiture s'arrêta. On coupa le contact, la portière s'ouvrit et un homme descendit. En allant à sa rencontre, elle s'attendait à le voir sourire, ou réagir d'une manière ou d'une autre, mais il se contenta de la regarder sans broncher. Quand elle dit *hello*, il ne répondit pas.

Il tapota son paquet de cigarettes et en sortit une.

— *Hello,* répéta-t-elle.

Il parut enfin remarquer sa présence.

— Vous comment aller, dit-il.

— Quoi ?

— Bonjour. J'apprends norvégien.

Il alluma sa cigarette et inhala profondément.

— C'est bien, dit-elle.

Il hocha la tête :

— Excellent !

Derrière un pare-soleil imprimé d'une image de Blanche-Neige et des sept nains, elle distingua deux silhouettes. Quand elle leur fit un signe de la main, elles baissèrent la tête.

Sur le siège passager, une femme très pâle.

— *Accident ?* demanda-t-elle en montrant du doigt la rayure.

L'homme haussa les épaules.

— *Tunnel. Too narrow.*

Il jeta un coup d'œil vers l'étable.

— *You can't camp here,* dit-elle.

— *OK.*

— *You can camp by the main road. It's not illegal to stay for one night.*

— *We are just looking around.*

Côté conducteur, la portière était restée ouverte. Elle vit la voiture se balancer légèrement de haut en bas.

— *Kids ?*

— *Yes.*

Il se tourna vers la voiture.

— *Wim, Anton, come !*

— *There is also a camping place further north,* dit-elle. *Red camping cabins. Not so expensive.*

— *No vacancy.*

— *Then you must try somewhere else.*

Un des enfants se mit à crier. La femme se retourna brusquement, sans doute pour le gronder. De l'extérieur, il était difficile de voir ce qui se passait.

— *Can't stay.*

La femme se leva – elle put presque se tenir debout dans la cabine – et se dirigea vers les sièges arrière.

Les criailleries se turent.

L'homme termina sa cigarette et jeta le mégot par terre. Sylvi faillit lui faire une remarque, mais il se pencha pour le ramasser.

La femme retourna s'asseoir. Son regard croisa celui de son mari, et elle lui fit signe de s'approcher.

— *Is it possible for the kids to borrow the toilet ?*

— *Yes.*

L'homme dit quelque chose dans sa langue. La femme ouvrit la portière et descendit.

Elle portait un pantalon blanc et des baskets de couleurs vives aux lacets dénoués. Ses mouvements étaient aussi indolents que ceux d'un paresseux d'Amazonie, mais elle parvint quand même à faire glisser la portière coulissante à l'arrière. Les deux garçons étaient assis de part et d'autre d'une ridicule petite tablette en plastique sur laquelle étaient posées des gourdes ornées de ballons de foot. Ils arboraient des survêtements identiques.

— *Guten Tag*, dit Sylvi.

Le père de famille ne fit rien pour la tirer de ce faux pas linguistique.

— *So, what's your name ?*

Les garçons échangèrent des regards, un léger rictus au coin de la bouche. Comme s'ils se retenaient de rire. Chacun voulait manifestement être le dernier à céder.

Visages rougis. Brefs coups d'œil vers Sylvi.

L'un des deux se leva. L'autre l'imita.

— *Follow me*, dit Sylvi.

Elle n'avait pourtant aucune envie de rendre service à ces gens.

— *How old are you ?* demanda-t-elle. *You go to school ?*

— *Ten*, répondit la femme.

Elle marchait les coudes écartés, comme si elle se faufilait à travers un marécage.

— *A lot of fighting*, ajouta-t-elle. *Boys.*

— *I can imagine.*

L'homme avait allumé une deuxième cigarette. Il se promenait dans la cour, visiblement étonné devant ce monde étrange.

— *In here*, dit Sylvi en ouvrant la porte.

Les garçons n'enlevèrent pas leurs chaussures, se contentant de s'essuyer les pieds. Sylvi les guida vers les toilettes, puis alla dans la cuisine. Elle entendit des chuchotements, un jet d'urine dans l'eau. Pour s'occuper, elle commença à ranger les tiroirs. Elle imagina la mère suspendue au plafond, regardant les bêtises de ses fils de ses yeux mi-clos, ses griffes de paresseux accrochées au plafonnier.

Au bout d'un moment ils débarquèrent dans la cuisine. Ils voulaient de l'eau, car leurs gourdes étaient vides. Sylvi ne put les empêcher de vider tout le contenu du broc.

— *Thanks,* dit la femme.

Puis tous retournèrent dans le camping-car.

Celui-ci se dirigea lentement vers l'étable pour faire demi-tour. Roulant en marche arrière, il s'arrêta soudain à mi-côte. Sylvi s'approcha pour leur proposer de l'aide (ils devaient pourtant avoir une caméra de recul). Ils avaient peut-être un problème technique. Elle crut voir les parents se retourner.

Puis elle entendit des éclats de voix.

Elle se demanda si le père n'était pas en train de frapper un des garçons, mais elle comprit finalement qu'il tapait du poing contre le dossier de son siège.

Sa femme essayait apparemment de le calmer.

Sylvi pressa le pas, mais le camping-car accéléra tout à coup, fonçant droit sur elle. Elle dut se jeter sur le bas-côté pour éviter de se faire écraser.

Les arbres du jardin, si sombres, si grands. Elle avait appris à les aimer.

Elle poussa un soupir.

S'était-elle démenée tout un dimanche pour rien ? Elle s'agenouilla devant les carrés de potager et remua la terre humide avec le doigt, déçue de ne voir aucun résultat.

On entendit le haut-parleur du ferry diffuser les consignes de sécurité. Le son portait loin quand le vent se calmait. Les salutations du commandant : *Bienvenue à bord… Vous trouverez un gilet de sauvetage sous votre siège… Je vous souhaite un bon voyage.*

En se retournant, elle vit la lumière prendre des teintes rougeâtres au-dessus de la montagne. Comme si elle filtrait à travers des lambeaux de chair. Toutes les saisons semblaient coexister. Des arcs-en-ciel apparaissaient sur la mer, des couloirs de lumière violente s'ouvraient par-dessus la forêt, la pluie tombait à verse, des bourrasques de neige descendaient de la montagne, des lueurs intenses annonçaient la percée du soleil.

Elle avait des tiraillements dans les bras.

Elle vida le fond des sachets de graines au-dessus des carrés. Puis elle commença à se masser la poitrine.

Les carrés ressemblaient à des puits noirs.

Et si elle s'y jetait ?

Elle ôta ses gants de jardinage. Trois tiques étaient accrochées à son avant-bras.

Dans la lumière déclinante, elle se dirigea vers la maison.

La lumière et l'obscurité avaient permuté.

Les bêtes formaient une colonne sur le sentier.

— Hans, cria-t-elle en franchissant la porte. Tu es là ?

Elle l'aperçut à travers la fenêtre.

Il tenait son bonnet à la main. Quand il ne s'en servait pas pour chasser les mouches, il l'utilisait pour donner des tapes sur le cul des vaches.

Il avait le soleil dans les yeux.

Bientôt, il serait là.

Elle l'avait senti en conduisant. Des spasmes à l'épaule et dans la poitrine.

Quand elle en parla à Hans, elle le vit se décomposer.

— Ce n'est peut-être rien, dit-elle.

Il se leva, se mit à faire les cent pas.

— Je n'en peux plus.

— Nous sommes fatigués, tout simplement. Ça finira par passer.

Plus tard, elle le vit dans les champs. Il revenait de la forêt avec des branches d'arbre qu'il jetait en tas.

Puis il descendit sur la grève. Dans la soirée, elle entendit le bruit du tracteur. Elle se précipita dehors et comprit qu'il s'approchait de la ferme. Se dirigeant vers l'étable, il ne fit pas attention à elle.

Quand il rentra, elle était dans la buanderie. Il se débarrassa de ses bottes, les poussa sous le plan de travail, ôta sa combinaison et la suspendit à un cintre.

— Salut, dit-elle.

Il se tenait devant elle, la bouche pincée, en caleçon long et chaussettes. Je l'aime, ce crétin, pensa-t-elle.

Il abandonna ses gants sur le banc. Appuyé au plan de travail, il resta un moment tourné vers la fenêtre. Curieuse de voir ce qu'il regardait, elle le rejoignit.

*

Elle aimait monter les marches et frapper à la porte en sachant qu'elle avait le droit d'entrer. Elle aimait les bruits de la vieille maison. Le craquement de l'escalier, les pas dans le couloir. Les portes qui grinçaient. Elle avait le sentiment de réveiller les lieux.

L'air froid lui fouetta le visage. Une odeur d'épluchures de pommes et de terre, de gelée de framboises… et de poisson.

— Sylvi !

Quand elle venait en dehors des heures de travail – ce qui lui arrivait parfois – elle trouvait Siriporn vêtue d'un ample tee-shirt (relique de la brève carrière de Johan comme speaker au champ de courses), d'un jean délavé trop large et de protège-genoux de handballeuse bleu roi. Comme une jeune fille techno. Elle s'affairait à remplir les plates-bandes de vie et de couleurs.

Souvent, elle se promenait dans le jardin avec Sylvi, qui écoutait attentivement ses conseils de jardinage. Puis elle l'installait sur un banc et lui proposait du thé. Sylvi aimait bien rester là à regarder la profusion de fleurs, mais Siriporn ne tardait pas à revenir avec un plateau rempli de tasses, de bonbons et de délicieux rouleaux de printemps croustillants.

Pendant ses heures de travail, Siriporn avait les cheveux tirés en arrière et portait des vêtements traditionnels thaïlandais brodés d'or, dont le tissu rigide semblait plastifié. Et elle n'avait pas le temps de bavarder.

Sylvi aimait se laisser envelopper par l'énergie et les couleurs émanant des mains de Siriporn. Elle aimait se déshabiller, pénétrer dans la cabine de douche délabrée, remplir ses mains de savon synthétique (elle avait découvert que Siriporn rajoutait de l'eau dans le flacon pour le faire durer plus longtemps) et se frotter le corps. Elle aimait disparaître dans le bouillonnement du jet, s'imaginant sous une cascade tropicale, comme dans une pub pour une marque de shampoing.

S'essuyer avec une serviette bordée de polyester rigide, enfiler la tunique suspendue à la patère et attendre qu'on vienne la chercher.

Cela s'était passé une semaine plus tôt. Bjørn avait appelé.

— Est-ce que vous pourriez venir ?

Anne-Britt avait téléphoné à Sylvi :

— Je pense que j'aurai besoin de toi.

Quand elles arrivèrent, il était assis sur le perron.

— Ah, vous êtes là, dit Anne-Britt platement.

— Je vous attendais.

— Qu'est-ce qui se passe ?

— Je n'ai pas le courage de vous l'expliquer.

— Il est arrivé quelque chose de grave ?

— Non, rien. Ma femme est morte, mais ça, vous le savez déjà.

— Comment l'aurions-nous appris ?

— Bonne question. Comment l'auriez-vous appris ?

— Vous avez l'air anxieux.

— Vous trouvez ?

— Et vous nous avez appelées.

— Exact.

— Pourquoi ?

— Je vous connais. Et je me suis dit que vous pourriez peut-être… Non, je ne sais pas.

— Vous avez bien fait d'appeler. Maintenant nous sommes là.

Il se tassa.

— Bjørn, s'il y a quelque chose, il faut nous le dire.

Il leva le regard.

— Allez voir dans l'étable. Moi, je reste ici à vous attendre. Mais dites-vous bien que ce n'est pas de ma faute.

Elle voulait s'abandonner entre les mains de Siriporn, être ailleurs, échapper à son corps, à ses pensées. Les mains de Siriporn avaient appris à la connaître, à trouver les points douloureux et à les travailler avec ses pouces. Elle appuyait dessus, chassait les nœuds vers l'extérieur comme si elle faisait disparaître des bulles d'air sous un film plastique. Elle lui avait aussi découvert des lipomes, mais elle n'y touchait pas. Contre ça, elle ne pouvait rien.

— Il faut venir souvent, lui avait-elle dit. Tu finiras par guérir.

L'odeur des huiles essentielles. Siriporn lui avait expliqué comment elle les fabriquait. Elle faisait bouillir des feuilles cueillies près des ruines du couvent, puis elle mélangeait le jus avec de l'huile, de la menthe et du gingembre.

— Tu sens comme ça brûle ?

Oui, elle le sentait.

Un soir, elle proposa à Sylvi de venir avec elle visiter le couvent. Les ruines. Peu de gens les connaissaient.

Les bêtes de Bjørn pataugeaient dans le fumier. Anne-Britt avait les larmes aux yeux. Elle avait pris son téléphone, crié qu'il fallait faire coffrer ce type au plus vite. Sylvi avait aperçu deux veaux morts et d'autres cadavres inidentifiables. L'odeur était insoutenable, elle avait dû presser un mouchoir imbibé de désinfectant contre son nez. Dehors, le paysage était magnifique, des kilomètres d'une nature que les animaux ne connaîtraient jamais. On avait cassé une vitre. Sans doute dans un geste de désespoir. Mais les murs avaient résisté.

Dans son dos, Anne-Britt avait vomi.

— Respire, dit Siriporn. Contente-toi de respirer.

Toujours ces directives pour aider Sylvi à se concentrer.

— Bois ton thé. Finis ta tasse. Chut. Détends-toi. Viens.

Elle lui demanda de se rhabiller, mais de rester pieds nus. Puis elle la fit asseoir dans un gros fauteuil de soins.

Les pieds sur un petit tabouret.

— Bonne santé. Pieds sains, dit Siriporn en ouvrant une petite trousse contenant des instruments en métal maintenus par des élastiques.

Avec un instrument pointu, elle lui nettoya les ongles. Puis elle les coupa avec soin et lui massa la plante des pieds.

Elle enleva les peaux mortes des talons avec un objet ressemblant à un couteau de tapissier. Sylvi vit les lambeaux tomber sur une feuille de papier que Siriporn avait dépliée par terre.

Après, ses pieds lui semblèrent merveilleusement souples.

— Colibri ! dit-elle en remuant les orteils.

Ensuite, elles firent une prière. Au dieu de Siriporn, puisque Sylvi n'en avait pas. Elle aimait bien contempler les éléphants en pierre, les photos de famille dans leurs cadres dorés, les fleurs en plastique, les bibelots bon marché qui décoraient la pièce.

Siriporn lui donna une poignée de noix, au cas où elle aurait faim sur le chemin du retour. Elle se dirigea vers la forêt en sachant que la Thaïlandaise la suivait des yeux.

Elle se retourna pour lui faire un signe de la main. Elle n'était pourtant pas certaine que Siriporn l'observait.

— Envoie-moi un SMS quand tu seras rentrée, lui avait-elle dit.

Le salon de massage avait manifestement du succès, mais Siriporn n'était pas du genre à s'en vanter. Sylvi avait vu des femmes y amener leurs filles anorexiques, des messieurs âgés arriver en marchant péniblement, des hommes y pénétrer en catimini après avoir garé leur voiture au loin. Siriporn les recevait, détendait leurs muscles, s'occupait de gens que personne n'avait touchés depuis longtemps, manipulait des parties du corps que l'on exposait rarement à la lumière. Sylvi savait qu'elle avait conclu un accord avec le centre de santé, qui lui envoyait des patients. Cela lui assurait des revenus réguliers.

Des diabétiques, des malades en surpoids. Des gens qui n'avaient pas l'habitude de ce genre d'endroit, qui faisaient tomber les bougies allumées. Des êtres lourds comme des chevaux, avec qui il fallait faire attention. Qu'il fallait conseiller en douceur : essayez de faire un peu de marche à pied, mangez davantage de légumes. Siriporn avait appris leurs noms, et ils l'adoraient. Elle avait dit à la femme du centre qu'elle n'avait aucune compétence pour les soigner, mais ce n'était pas un problème : *Le plaisir est parfois le meilleur des médicaments.* Et elle obtenait des résultats : elle parvenait à activer leur circulation, à stabiliser leur glycémie. Ils étaient moins fatigués, elle les encourageait à faire de l'exercice, certains renonçaient même à venir en voiture. Elle s'occupait de muscles et de tendons qui en avaient grand besoin, elle enduisait leurs cuisses d'huile et ne se laissait pas troubler si quelque chose durcissait dans les vieux slips distendus.

Elle n'allait pas s'offusquer pour si peu.

Le couvent se trouvait à la limite des champs de Johan, au bord d'une petite rivière. Il n'en restait pas grand-chose, juste quelques pierres dans une clairière.

Rien qui n'invitât au recueillement, rien qui ne rappelât une grandeur passée. Un endroit modeste, mais beau. La municipalité avait fait installer un panneau avec quelques renseignements sur les religieuses qui y avaient vécu. Mais on n'avait pas cherché à mettre en valeur le site, les intempéries avaient effacé les textes de présentation et le père de Johan avait laissé paître ses vaches parmi les ruines. Des historiens y débarquaient de temps à autre, une carte à la main, et se faisaient interviewer dans le journal local. Mais c'était rare, et personne ne semblait prendre d'initiative. Seuls Siriporn et les bêtes s'y rendaient ; autrement, les lieux seraient restés totalement à l'abandon.

— *You must have a god*, dit-elle, *or you die with a lonely heart.*

*

— Il faut boire de l'eau, dit Siriporn. Deux verres aujourd'hui.

— J'ai mal partout.

— Bois. Viens dans la pièce chaude.

Sylvi dut s'accrocher au bras de Siriporn.

— Non, ça ne va pas. Il faut marcher toute seule.

Siriporn la fit tomber sur le banc.

— Assieds-toi. Trente minutes. OK ?

La porte s'ouvrit brusquement. Sylvi sursauta.

— Ça fait déjà trente minutes ?

— Trente-trois.

— Tu m'as mise dans un accélérateur temporel.

— *I did.*

Siriporn prit Sylvi par les épaules et l'entraîna vers la table de massage. Elle la poussa pour l'y faire monter.

— C'est dur aujourd'hui, dit Sylvi, une fois allongée.

Puis elle lâcha un pet.

— *Relax.*

— *I do relax.*

Ça sentait mauvais.

Siriporn commença à lui pétrir le dos et les cuisses par-dessus le drap. Sylvi avait le sentiment que des clairières de bien-être s'ouvraient en elle. Elle dut faire un effort pour ne pas s'endormir.

— À quoi tu penses ? demanda Siriporn.

Sylvi ne comprit pas le sens de sa question.

— Tu es fatiguée ?

— Oui.

— Tu travailles trop.

— Je dors tout le temps.

— Tu penses à quoi ?

Elle ne comprenait toujours pas.

— À rien, répondit-elle simplement.

— Et Hans ? Il va bien ?

— Je ne sais pas.

— Tu peux te retourner.

— Depuis quelque temps, je rêve de gens que je ne connais pas, dit Sylvi au bout d'un moment. Des gens que j'ai croisés, mais que je ne connais pas vraiment.

— Des gens totalement inconnus ?

— Des gens qui me sont indifférents.

— Ah.

— Ceux qui s'occupent de mon frère, par exemple. Puis je rêve d'un chien. Et d'une vieille dame coiffée d'un bob.

— Ah.

— Parfois d'un homme, aussi. Une connaissance de mon père.

— *Your father ?*

— *Yes.*

— Quand il venait nous voir, mon père allait chercher des bières. Puis il nous envoyait dehors, mes frères et moi. Et ma mère également. On n'avait pas le droit d'être là, on se réfugiait à l'étable. J'ai l'impression que mon père avait peur de cet homme.

— *Scared ?*

— *Yes.* Et maintenant je rêve de lui. Je le vois à travers la fenêtre. Je suis dehors, j'ai froid. Mon frère pleure. Et mon père boit de la bière avec un type dont il a peur.

— *Bad man ?*

— *Maybe, but I didn't talk to him myself.*

— *What do you see ?*

— Il est assis là, tout simplement. J'entends mon père rire. Il rit la bouche ouverte. Puis je vois d'autres images : je suis de nouveau dans le jardin, il fait encore plus froid, c'est l'hiver. L'homme est debout sur le perron. Il fume la pipe. Il m'appelle, mais je n'arrive pas à marcher, je me suis transformée en arbre. Il s'approche, il m'arrache une branche, puis une autre.

— *Why ?*

— Je n'en sais rien.

— *OK, you scared ?*

— Oui, peut-être. Et alors je me réveille.

— *Good,* alors tu te réveilles !

— Mais après, je rêve d'un garçon.

— *Not the man ?*

— Non ; l'homme, c'est fini. Un garçon. Un jeune handicapé que ma mère avait invité pour lui faire découvrir les chevaux.

— OK.

— Maman voulait être gentille, mais elle était souvent fatiguée. Le jour où il devait venir, elle n'était pas bien, et c'est mon père qui l'a accueilli.

— Vous aviez des chevaux ?

— Bien sûr. Je suis désolée, Siri, tout ça doit te paraître sans intérêt.

— *No, don't say that.*

— *Thank you.*

— Donc, c'est papa qui est là quand la voiture arrive. Et c'est lui qui montre au garçon les chevaux. Le garçon marche avec difficulté, et il est très dissipé. Il veut aller partout, il fait plein de bêtises. Mon père est obligé d'employer la force, de le traîner avec lui.

— *Is the boy scared ?*

— Je ne sais pas. En tout cas, il se calme.

Siriporn hoche la tête sans cesser de pétrir les épaules de Sylvi.

— *Is this good ?*

— Oui. Finalement, tout se passe bien. Le garçon le suit à l'écurie, regarde longuement les chevaux. Puis il s'approche d'un vieux cheval qui porte un drôle de nom – je ne sais plus lequel. Il l'observe à travers les barreaux. Le cheval se blottit au fond du box. Mais il flaire le garçon et s'approche lentement.

« Il renifle le garçon.

« Et je comprends alors que ce cheval, je l'ai vu à l'abattoir quand j'y travaillais. Il est sale, efflanqué. Manifestement, il est blessé. Le fermier à qui il appartenait n'a plus le droit d'élever des animaux, mais à l'époque on ne l'avait pas encore sanctionné. J'ai dû faire un rapport. »

— Et le cheval ?

— Un cheval ne peut pas parler. Mais il était dans un triste état.

— *Like the horse we saw.*

— J'étais face à lui.

— *Big, sad eyes.*

— Exactement. Bonjour, j'ai dit. Comment vas-tu ? Il s'est ébroué, mais c'est tout. Ce n'était pas une conversation, mais j'ai essayé de faire comme si. Je lui ai touché les naseaux. Ils étaient chauds.

— *What about the boy now ?*

— Il pénètre dans le box. Il caresse le cheval, et le cheval aime ça. Les chevaux sont des animaux sensibles, gentils. Et le garçon est si doux.

— Je vois.

Quand Hans vint la chercher, il ne la vit pas. « Je n'ai pas le courage de marcher », lui avait-elle dit. Il resta garé sur le chemin, clignotants allumés, pendant vingt, trente, quarante minutes avant de se résoudre à monter jusqu'à la cour. Il laissa la clé sur le contact, descendit et se dirigea vers le salon de massage.

— Il y a quelqu'un ?

Pas de réponse.

— Il y a quelqu'un ? répéta-t-il.

Il enleva ses chaussures. Pas de lumière au plafond. Un canapé, des fauteuils recouverts d'un tissu sombre.

— Sylvi ?

Des bâtons d'encens embaumaient la pièce. Sur le plan de travail, une bouilloire. Des sachets de thé sur une assiette en carton.

— Il y a quelqu'un ?

Il entendit des chuchotements dans la pièce d'à côté. En s'approchant, il reconnut la voix de Sylvi.

Pleurait-elle ?

Il colla son oreille à la porte. À l'intérieur, il y avait peut-être d'autres personnes que Siriporn et elle.

Oui, elle pleurait.

Il recula.

Elle dit quelque chose qu'il ne put entendre. Puis la porte s'ouvrit. Sans faire attention à lui, Siriporn sortit en courant, ramassa un panier et retourna à l'intérieur.

Il eut juste le temps d'apercevoir les chevilles de Sylvi avant que la porte ne se referme.

Siriporn devait avoir la situation sous contrôle, se dit-il.

Il se passa un long moment, puis la porte s'ouvrit de nouveau. Sylvi avait les joues tachées de rouge et les paupières enflées.

— Je me suis évanouie, dit-elle.

Siriporn la tenait par le bras.

— La tête te tourne ? lui demanda-t-elle.

— Un peu. Mais ça va mieux.

— Repose-toi, dit Siriporn en la faisant asseoir.

Elle alla lui chercher un verre d'eau. Sylvi le but d'un trait, la main tremblante. Elle leva la tête :

— Je me suis complètement gélifiée.

— Beaucoup transpirer, dit Siriporn.

Sylvi regarda Hans :

— Salut, Hans.

Puis elle ferma les yeux. Cesse d'avoir peur, pensa-t-elle. Tu as tout le temps l'air d'avoir peur.

Siriporn lui apporta un autre verre d'eau. Elle dut aider Sylvi à le boire. Un peu de liquide coula sur son menton et sur son pull-over.

— Elle a enlevé son soutien-gorge, dit Siriporn. Il est par terre.

Elle s'en alla, revint avec un plateau de fruits, enleva le film en plastique qui le recouvrait.

Les morceaux de fruits avaient l'air desséchés, les quartiers de pomme étaient racornis, marron sur les bords.

Un courant d'air fit claquer la porte.

Siriporn ouvrit un sachet de cerneaux de noix avec ses dents et en versa le contenu dans les mains de Sylvi. Puis elle s'assit à côté d'elle et lui caressa le dos.

— Il faut manger. Tu te sens mieux ?

— J'ai eu des bouffées de chaleur, tout à coup. Ne prends pas cet air craintif, Hans, ce n'est rien. Je t'assure, tout va bien.

— En réalité, c'était tout à fait agréable, dit-elle quand ils s'installèrent dans la voiture. En arrivant, j'étais si fatiguée. Il a suffi que Siriporn me touche pour que je perde connaissance.

Elle raconta qu'elle avait senti les mains de Siriporn, mais que ses pensées lui avaient semblé « enfouies ».

— Ce n'était pas douloureux, j'avais le sentiment de me trouver au fond d'un trou de rivière, en sachant qu'on allait me faire remonter.

— Ça devait être assez effrayant.

— Non, pas du tout. J'y ai même puisé une sorte de force.

Elle réfléchit :

— Tu me trouves laide ?

— Non, pourquoi ?

— Je le vois à tes yeux.

— Tu te trompes.

Elle prit un air pincé :

— Bon, puisque tu le dis.

Et au bout d'un moment :

— Je suis malade.

— Tu n'en sais rien.

Les phares de la voiture balayaient la route plongée dans l'obscurité. Personne n'était dehors à une heure aussi tardive.

— Ce qui me paraît bizarre, dit-elle alors qu'ils venaient de se coucher, c'est que je serais parfaitement capable de tout lâcher.

— Je ne comprends pas ce que tu veux dire.

— La vie, c'est quoi ? continua-t-elle. Pourquoi nous nous y raccrochons ? Pourquoi tant d'efforts ?

— Tout ça me paraît assez énigmatique.

— C'est quelque chose de grand ou de petit ? Qu'est-ce que ça vaut ?

— Quelque chose de grand, je dirais. Même si on a parfois du mal à se convaincre de sa grandeur.

— Tu te rends compte que c'est la phrase la plus longue que tu aies jamais prononcée ?

— Non.

— Siriporn m'aide à avancer vers une limite. J'ai l'impression que je vais apprendre un secret.

— Tu penses encore à cette histoire de dieu ?

— Un peu. Mais pas seulement. En tout cas, ça me rend moins angoissée. Mourir, ce n'est pas douloureux. Ça ne me fait pas peur. Tu me crois quand je dis ça ?

*

Des camping-cars venaient d'arriver dans la cour. La fenêtre était grande ouverte, on entendait des bruits. Sylvi était incapable de les faire taire. Les rideaux d'été, le vent, ses pensées qui battaient la campagne. Qui s'enfonçaient dans les ravins de son esprit. À travers sa migraine, des cris lui parvenaient, des voix qui résonnaient autour de la maison : *hello, hello, anybody here ?* Elle n'eut pas le courage de se lever pour demander à ces gens de s'en aller. D'expliquer qui elle était, comment elle allait. Si elle en avait eu la force, elle leur aurait volontiers montré la ferme, pris les enfants par la main pour leur faire toucher le museau des veaux. Elle aurait aimé voir leur tête quand les bêtes leur suçaient les doigts (mais là, elle divaguait...). Non, ils comprendraient sans doute que l'exploitation n'avait plus d'avenir... Elle était là à pleurer sur son sort, mais sa vie ne durerait pas éternellement. Elle voulait simplement qu'on lui laisse encore un peu de temps.

Quand Hans ouvrit la porte de la chambre, elle dormait. Ou elle faisait semblant. Il regarda ses lèvres sèches et gercées. Il faudrait lui mettre de la crème. Ou de la graisse ; il en avait à l'étable. De la graisse à traire. Mais quand il s'apprêta à sortir, elle ne put s'empêcher de réagir. Elle ne voulait pas rester seule. Surtout pas.

— Hans ? C'est toi ?

Il s'assit, lui posa une main sur le front.

— Tu croyais que je n'y verrais que du feu ? Tes paupières tremblaient.

— J'ai fait un rêve bizarre…

— Et tu n'as pas voulu le quitter ?

— Je ne sais pas.

— Tu as rêvé de quoi ?

— J'étais un chat. Je me promenais, d'abord dans la chambre, puis dehors, sur la terre battue, et ensuite dans une étable. J'étais entourée d'oiseaux. De poules. Elles avaient l'air si stupides. Je me sentais supérieure à elles, je savais qu'elles ne pouvaient pas se tirer d'affaire. Elles ne cessaient de pondre des œufs. Et j'ai cru mordre dans quelque chose. J'ai senti un goût de viande, rien qu'à les observer. Je ne sais pas… Je les mangeais du regard.

Hans attendit la suite.

— Oui, et puis ? demanda-t-il finalement.

— C'est tout.

— J'ai entendu une voiture, dit-elle au bout d'un moment. Des gens qui criaient. C'étaient des touristes ? Tu leur as parlé ?

— Non, ils sont repartis tout de suite. Ils allaient sans doute chez Siriporn et Johan. Elle a fait venir un guérisseur. Ils s'attendent à voir arriver beaucoup de monde, le guérisseur est célèbre. Johan m'a appelé. « Si tu vois des gens débarquer, envoie-les chez nous », m'a-t-il dit.

— Un guérisseur ?

— C'est ce qu'il a dit.

— Ils avaient l'air gentils ?

— Qui ça ?

— Les gens qui sont venus.

— Ils avaient l'air tout à fait normaux... Je n'ai même pas eu le temps de leur parler.

— J'ai aussi pensé à autre chose. J'ai oublié de t'en parler.

— Ah oui ?

— Une famille est arrivée l'autre jour. Deux garçons et leurs parents.

— Ça, tu me l'as déjà dit.

— Les garçons ont demandé s'ils pouvaient aller aux toilettes, et j'ai dit oui, bien sûr. Je ne suis quand même pas un monstre.

— Évidemment.

— Mais après, j'ai vu qu'ils avaient fait pipi par terre. Ça m'a choquée. Il y en avait partout !

— C'étaient des enfants.

— Leur mère était avec eux. Elle a forcément vu ce qu'ils faisaient. Ils ont même pissé sur les rouleaux de papier ! J'ai dû tout jeter. Tu comprends ce que j'ai ressenti ?

— Oui, je comprends.

— Est-ce que tout le monde cherche à embêter les gens ?

Elle parvint à se redresser sur ses coudes. Elle venait d'entendre des voix, cela l'avait réveillée. C'était Siriporn ; elle parlait doucement avec Hans.

— Elle est tellement fatiguée.

Le matelas céda à peine quand la Thaïlandaise s'assit sur le bord du lit, apportant sa lumière à celle qui y était allongée.

— Ton visage est si beau, dit Sylvi.

— Le tien aussi. Très beau.

Siriporn lui prit la main, lui enfonça le pouce dans la paume. Elle cherche à pénétrer à l'intérieur de mon corps, pensa Sylvi. Jamais elle ne se contente de bavarder. Ce qu'elle veut, c'est me faire du bien.

— Ça va ? demanda-t-elle. Tu dors tout le temps ?

— J'ai passé une mauvaise journée.

— Je comprends.

— C'est agréable, ce que tu fais avec ma main.

— Je peux continuer.

— Oui, continue.

Elles se turent.

Sylvi essaya en vain de se concentrer sur l'histoire que Siriporn lui racontait. Elle lui parlait de sa petite sœur, qui vivait en Finlande. Elle avait eu un fils, le garçon avait déjà six mois, Siriporn et ses sœurs en Thaïlande l'avaient appelée sur Skype pour voir l'enfant et tout le monde était apparu dans de petits carrés (Siriporn plia ses doigts et les joignit pour lui en donner une idée).

— Sur l'écran, le bébé avait l'air paniqué, dit-elle en riant. Il ne comprenait rien. Pourquoi toutes ces femmes étaient-elles en larmes dans leurs petits carrés ?

Sylvi fit une moue. Elle imagina le spectacle – ce n'était pas difficile – mais tout cela ne la concernait pas.

— Merci, murmura-t-elle. Salue ta sœur de ma part. Et dis-lui merci.

— Tes bras te font mal ?

— Oui. Comment tu l'as deviné ?

— Ils sont lourds. Comme s'ils étaient remplis de sable. Mais j'étais venue pour te dire quelque chose. Nous allons recevoir un homme qui pourra peut-être t'aider. Un maître.

— Un maître… en quoi ?

— Un guérisseur. Il est irlandais. Il est très fort. Il va venir chez nous. Je fais une liste de gens qui pourront le rencontrer.

— Et je dois faire partie de ta liste ?

— Si tu veux.

Sylvi fit ses exercices d'étirement. Elle leva les bras comme si elle voulait toucher le plafond, les laissa retomber contre ses hanches, enchaîna avec quelques flexions des genoux et se massa les épaules.

Il ne faisait pas trop chaud, malgré le soleil éclatant. Un bourdon voletait en bas de la fenêtre, essayait en vain de sortir.

Elle n'eut pas besoin de réveiller Hans. Allongé sur le lit, il l'observait, les yeux grands ouverts.

— Tu te sens en forme ?

Elle lui sourit.

— Pas vraiment.

— Tu veux y aller ou pas ?

— Je me dis qu'on pourrait au moins y jeter un coup d'œil. Je suis curieuse. Pas toi ?

Il avait acheté des baguettes et de la charcuterie et installé la table de jardin à l'ombre, devant la maison. Il avait coupé les baguettes en deux dans le sens de la longueur pour préparer des sandwiches au fromage et au jambon. Sur la table, il y avait aussi un pot de miel.

Et du café bien fort.

Il alla la chercher. Elle était déjà assise dans l'entrée ; un peu pâle, mais prête à sortir. Ils se mirent à table. Il la laissa se servir en premier.

Elle ne fit que grignoter son sandwich.

— Tu n'as pas faim ?

— Je n'ai pas beaucoup d'appétit.

— Tu veux autre chose ?

— Non, merci. Je vais me contenter de rester assise.

— OK. Tu as vu tes herbes, comme elles ont poussé ? Du thym, du persil. On pourrait en remplir de petits sachets et les congeler. Comme ça, on en aura cet hiver.

— C'est une bonne idée.

Il avait acheté du film plastique pour protéger les plantes. Pour les faire durer plus longtemps.

Il se pencha en avant pour lui remplir sa tasse, mais elle était déjà pleine. Elle n'y avait pas touché.

— Même du café, tu n'en as pas envie ?

— Non.

— Alors, c'est que tu es vraiment malade.

Elle lui sourit.

Des guêpes bourdonnaient autour du pot de miel. Elles restaient suspendues dans l'air comme si elles étaient fixées sur des tiges en métal.

Sylvi finit par se lever pour les chasser.

— Les piqûres, je ne supporte pas, dit-elle. Surtout dans l'état où je suis.

— On pourrait peut-être faire une petite promenade. Si tu n'as plus faim.

— Plus du tout. Viens !

Ils traversèrent le vieux jardin. Dans les plates-bandes, pas grand-chose n'avait poussé.

— On pourrait ouvrir un café dans la grande pièce au sous-sol, dit-elle. Et investir dans un chalet en bois qu'on installerait sous les arbres (elle en avait vu un sur Pinterest). Là-bas, il y a une belle vue, et ce n'est pas trop près de la maison. On pourrait aussi y mettre une tente sami et un hamac. Comme ça, on pourrait accueillir des touristes, leur faire connaître la vie à la ferme.

— Ce n'est pas bête comme idée.

— On leur servirait du poisson que tu aurais pêché. Avec du vin blanc sec bien frais. Si on faisait une cave à vin ?

— Pourquoi pas ?

Ils poursuivirent leur chemin. Elle lui prit la main, la balança d'avant en arrière.

— Je rêve sans doute, dit-elle.

— Ce n'est pas interdit.

— Les gens sont prêts à payer pour tout ce qui est authentique. Et authentiques, nous le sommes, n'est-ce pas ?

— À cent dix pour cent.

— On devrait aussi hisser plus souvent le drapeau. Pour l'anniversaire de la princesse Ingrid, par exemple. À la fin de la moisson. Ou quand tu auras terminé de fumer les champs. Quand je reprendrai le travail. Et quand nous accueillerons nos premiers hôtes, aussi. On n'est pas devenus un peu trop sérieux ?

— Je ne trouve pas.

— Il me semble qu'on ne sait plus s'amuser.

— Alors, faisons la fête plus souvent, dit-il laconiquement.

Elle revint sur ses pas, se dirigea vers l'entrée du sous-sol. Elle cherchait le drapeau.

Elle poussa la porte avec l'épaule.

Un nuage de poussière s'envola vers la lumière.

— Ça n'a pas été aéré depuis un moment, constata Hans.

Dans la grande pièce s'entassait tout un bric-à-brac qui ne servait plus à rien, mais dont ils n'avaient pas eu le courage de se débarrasser. Un vieux lit-coffre, des tables d'appoint, des outils hors d'usage, des cartes géographiques soigneusement enroulées. Des tapis. Un métier à tisser cassé.

Raidi par l'air marin, le drapeau gisait au sol. Il datait d'une époque où l'on invitait des amis pour fêter les grands événements.

— Il nous en faut un autre avant de recevoir des hôtes, dit-elle.

— C'est certain.

On y voyait des traînées de sel.

— Tu te sens bien ? demanda-t-il.

— Ici, on pourrait monter une exposition. Avec de vieux objets. Et des cartels explicatifs sur le mur. On pourrait aussi recueillir des histoires de la région. Il doit bien y en avoir. Ton père, il t'en racontait ?

— Pas souvent.

— Jamais ?

— Pas que je me souvienne. Ou alors… Il m'a bien parlé de l'hôpital allemand, mais c'était avant son époque.

— On va exposer ce qu'on a. On nettoie tout, et voilà.

Elle faillit ajouter – car elle y avait pensé – qu'ils devraient fixer une échelle sur le rocher près de la remise à bateaux. Comme ça, leurs hôtes pourraient se baigner en sortant du lit. Pour commencer la journée, il n'y avait rien de mieux. Elle imaginait déjà leurs cris perçants.

— On pourrait loger des gens dans la remise à bateaux. Y installer des hamacs. Faire quelque chose de simple, mais beau. Ils n'auraient qu'à ouvrir la porte pour se promener dans la nature. Et tu pourrais faire le guide, leur montrer la ferme où tu as grandi.

— Je me demande ce qui pourrait les intéresser.

— Les animaux. Si des gens sont prêts à payer vingt couronnes pour allumer la lumière électrique dans une église, ils n'hésiteront pas à dépenser dix fois moins pour sentir un veau leur lécher les mains.

— Peut-être.

— Et il faut qu'ils voient les bœufs, dit-elle en pénétrant dans l'étable. Les bœufs, ce sont les ours de la ferme, les enfants adorent les gros animaux.

De nouveau, elle admira son calme face aux bêtes. Il leur gratta la tête, leur laissa glisser la langue dans sa manche. Un des bœufs se redressa.

Il le caressa longuement.

Il aurait dû avoir des enfants, pensa-t-elle. Mais ils n'y étaient pas arrivés.

Et puis, ils avaient la ferme. Une ferme que l'on aime vous rend votre amour au centuple.

Quand la bétaillère de l'abattoir devait venir, il construisait un corridor à l'aide de caisses et de palettes. Les parois n'avaient pas besoin d'être solides, il fallait simplement que le bœuf le crût. Plusieurs fois, elle l'avait vu passer le licou autour du cou de l'énorme animal, se saisir de la corde et le tirer vers la sortie. Lui donner une tape sur le cul quand il ne voulait pas avancer. Il accompagnait toujours le bœuf dans la bétaillère et l'attachait à la barre en métal.

Il tenait à être présent jusqu'au départ.

Un bœuf leur rapportait de quoi payer la facture d'électricité et faire quelques achats : un sac d'aliments concentrés, des packs de bière, des tablettes de chocolat et des sachets de purée instantanée.

Elle ne le vit plus.

— Hans ? Où es-tu ?

Le monde allait-il s'écrouler ?

Elle sursauta en voyant le foin tomber à travers la trappe.

Et pleuvoir dans la mangeoire des bœufs.

Les bêtes se précipitèrent sur la nourriture sans faire attention à elle. Elle fit quelques pas en arrière pour voir si elle l'apercevait là-haut.

— Hans ? cria-t-elle de nouveau. Hans ?

La fourche racla le sol.

— Tu es là ?

Elle entendit sa respiration quand il soulevait un gros paquet de foin pour le jeter dans la trappe.

Son ombre sur le mur.

Il m'abandonne ?

*

Johan se regarda dans la glace de la salle de bains. Le feu avait eu raison de ses glandes sudoripares, aucun chirurgien ne pourrait y remédier. Son visage souffrait ; il y passa de l'eau froide.

On frappa à la porte :

— Johan, tu viens ?

Il se tourna vers la voix. Il venait d'imaginer que son visage était un masque de papier hygiénique mouillé, qu'il allait se détacher de lui.

Siriporn le regarda.

— Arrête de ruminer, dit-elle.

Elle entra, attrapa un pan de sa chemise, la lissa par-dessus son ventre.

— Il ne faut pas ruminer des bêtises. Tu m'entends ?

Elle lui caressa la joue, se hissa sur la pointe des pieds et l'embrassa.

— Il est temps d'y aller.

D'où vient ce bonheur ? pensa-t-il.

Il se sentit mieux.

Ils avaient passé des semaines à tout organiser.

La veille, avant de se coucher, ils s'étaient félicités :

— On y est arrivés. On y est arrivés.

Ils avaient loué une estrade. Johan avait pris le tracteur pour aller chercher des chaises et des tables à la salle polyvalente.

Le journal local avait interviewé Siriporn et les avait photographiés sous le grand arbre de la cour (Siriporn avait fait encadrer la photo, qui ornait maintenant l'entrée du salon de massage). Les années où il s'était morfondu tout seul étaient derrière lui, se dit Johan. Il pensait souvent à ses allers et retours sans but entre les bâtiments de la ferme. Il avait laissé la végétation envahir les champs. Juché sur le pont de la grange comme un sniper, il avait tiré sur les renards apparaissant à la lisière de la forêt. Mais il n'avait pas eu le courage d'aller les ramasser, et l'odeur des cadavres avait fini par envahir la salle de bains quand il ouvrait la fenêtre après sa douche. Il n'avait fait qu'attendre la mort (il avait imaginé qu'on découvrirait son corps grignoté par les souris). De vagues parents l'auraient peut-être pleuré, on aurait gravé son nom sur une pierre et déposé quelques fleurs entre les plantes vivaces du tombeau familial.

D'un pas traînant, il quitta la salle de bains et alla dans la cuisine, où une soupe mijotait sur le fourneau. Les gens auraient-ils envie de manger de la soupe par cette chaleur ? Siriporn savait sans doute ce qu'elle faisait. À ses côtés, il était à l'abri du malheur, se dit-il.

Il vit des lumières entre les arbres. Les lanternes de riz. Elles fonctionnaient ; voilà un souci de moins.

Il prit une cuillère en bois et remua la soupe.

C'étaient des topinambours et des pommes de terre de leur propre production (mais les morceaux n'étaient-ils pas un peu gros ?). Avec beaucoup de crème fraîche. Le liquide épais adhérait à la cuillère en bois. Il la reposa, prit une cuillère en métal et la trempa dans la marmite. La soupe était excellente. Mais elle brûlait un peu la gorge.

Un vrombissement de voiture lui fit lever les yeux. Une larme coula sur sa joue. Il y avait du chili dans la soupe. Un camping-car arriva en marche arrière dans la cour.

Il vit d'autres voitures se garer dans le champ. Torse nu sous son gilet fluo, un garçon recruté par Siriporn réglait la circulation entre les barrières qu'ils avaient installées la veille. Il s'appelait Erwan. Johan était content de ne pas avoir à s'en occuper. Les voitures tasseraient la terre, mais tant pis.

Il sortit dans le couloir, glissa les pieds dans ses pantoufles et ouvrit la porte d'entrée. Hans était là. Il tenait Sylvi par la main. Johan savait qu'elle était malade. De quoi souffrait-elle ? Il lui disait bonjour quand elle venait voir Siriporn, mais il était toujours aussi timide devant les étrangers.

N'ayant pas envie de bavarder, il traversa la cour d'un pas vif.

— Il y a tellement de monde, murmura Sylvi.

Sur certains camping-cars on avait ouvert le store latéral pour avoir un peu d'ombre. On jouait aux dés, assis à des tables de jardin. Des fauteuils roulants électriques remontaient l'allée, des mouches se cognaient aux vitres, on sortait les victuailles, le vent faisait s'envoler les serviettes.

Ça sentait l'essence et le charbon de bois.

Ils ont dû passer la maison au brou de noix, pensa Hans.

Des enfants s'amusaient à sauter du pont de la grange.

Il les suivit du regard.

Dans la cour, on avait installé une estrade, des bancs et des chaises. De gros haut-parleurs et des micros. Tout avait l'air très professionnel. Un tabouret de bar et un pupitre avec une carafe d'eau. Des rampes d'accessibilité partout. De la lumière dans les arbres.

— Regarde, dit Sylvi en serrant la main de Hans.

Ils aperçurent Johan, une louche à la main. Différentes bassines d'eau, où les gens pouvaient plonger la tête ou se rincer les pieds.

Une voiture monta jusque dans la cour – une Volkswagen Caravelle aux vitres fumées. Siriporn agita la main, un homme descendit, ouvrit le hayon et en sortit une rampe en métal qu'il enfonça dans l'herbe à coups de pied.

Un grincement strident. Un fauteuil roulant électrique s'approcha en marche arrière.

Une grande tente avait été dressée dans le jardin. Un homme était assis à l'intérieur. Vêtements noirs, cheveux longs attachés en queue-de-cheval. Le guérisseur, pensa Sylvi en lâchant la main de Hans. L'homme était entouré d'assistants. Ses cheveux étaient lisses, très blonds, et ses mains miraculeuses étaient gantées de blanc. Ça sentait l'arnaque à plein nez. Et Siriporn ? Elle y croyait ? Ou était-ce une sorte de jeu ? Du spectacle, tout simplement ? Sylvi avait remarqué que des patients du centre de santé étaient là.

— Du jus de rhubarbe ! cria-t-on.

Des oiseaux volaient autour des sorbiers et des cassis. On se bousculait devant une table où s'alignaient des flacons de Piz Buin. Certains s'étaient renversés.

Parcourant l'allée, elle admira les plates-bandes. De petits bouddhas se mêlaient aux pierres décoratives. Des papillons en verre vibraient en haut de tiges couleur rouille comme s'ils allaient s'envoler.

Siriporn adorait les *tableaux* – des assemblages de coquillages, de fleurs, de pierres et de bibelots.

Comme c'est beau, pensa Sylvi. On se sent transporté.

Elle se retourna, chercha des yeux le guérisseur. Une ombre coupait sa silhouette en deux. Il devait être plus jeune qu'elle, son visage était presque enfantin. Immobile, il semblait attendre.

Puis il leva la tête et leurs regards se croisèrent.

Salut ! dit-elle intérieurement. Et il lui répondit en hochant solennellement la tête. Il avait dû apprendre ça dans un manuel pour guérisseurs.

En fait, il était moins jeune qu'elle ne l'avait cru. Mais il avait des traits si lumineux.

Et une taille si svelte.

Elle se glissa furtivement jusqu'à l'arrière de la maison. Elle eut l'impression de se cacher.

Non, je suis fatiguée, tout simplement. Je veux rester seule.

Les troncs des pommiers étaient entourés de copeaux de bois, et leurs branches étaient attachées pour leur éviter de se briser. Sylvi se dit qu'elle était elle-même un arbre ; Siriporn essayait de la faire tenir à l'aide de tuteurs. Siriporn veillait sur beaucoup d'arbres comme elle. Des arbres qui étaient maintenant réunis dans la cour, attendant une forme de… de délivrance ?

Une délivrance. Ou une étreinte.

Siriporn et Johan projetaient de vendre du cidre aux touristes. De mettre une pancarte sur la route pour annoncer des dégustations. Siriporn avait poussé Johan à ouvrir un stand de légumes dans l'ancien hangar à machines.

Les possibilités étaient nombreuses.

Sylvi baissa son pantalon et fit pipi au pied du mur. Elle dut s'accrocher au tuyau de descente pour ne pas tomber à la renverse. Siriporn avait trouvé une manière de traverser l'existence, pensa-t-elle. En s'éparpillant, en meublant son temps de petits boulots, de distractions et de prières.

Une bonne vie. Une vie qui ne manquait pas de grandeur.

Les moustiques bourdonnaient autour de sa tête. Elle les chassa d'une main lasse.

Le guérisseur était sorti sur la pelouse. Sylvi le vit s'essuyer le front. Il avait enlevé son manteau, qu'un de ses assistants portait maintenant sur son bras. D'un pas lent, il parcourut le jardin. Les gens se retournèrent sur son passage. Il était vêtu d'une chemise au col ouvert ; on aurait dit un mousquetaire sans sa cape. Il tendit les bras, serra une main tremblotante, puis une autre. Un enfant se mit à pleurer.

Sa queue-de-cheval la fit penser à de la pâte de silicone sortant d'un pistolet à étanchéité.

Il devait transpirer sous sa chemise.

Il monta sur l'estrade, ôta ses gants, s'approcha du micro et dit quelques mots. Mais le micro était éteint. On entendit soudain un bruit strident. Derrière sa console, Johan rougit. Les mains sur les boutons, il parvint à régler le son et l'on put enfin entendre le guérisseur :

— *I'm here with a blessing.*

Un garçon s'avança en premier. Ses bras atrophiés pendaient sur ses flancs comme des oreilles surdimensionnées. Hans vit l'homme le prendre par les épaules. À quoi le garçon pouvait-il bien penser ? Imaginait-il que ses bras allaient pousser ? Qu'il suffirait de tirer dessus ?

Le garçon ne bougea pas. Il cherchait sans doute la force de Dieu. Mais où la trouver ?

Sous une pierre, se dit Hans. Ou dans la bouche d'un veau.

D'après Siriporn, douze religieuses avaient vécu autrefois dans le couvent. Quel rapport avec ce qui se passait maintenant ?

Un vieil homme s'avança à son tour. Il boitait terriblement. Hans le connaissait vaguement ; c'était un pêcheur de l'âge de son père. Le guérisseur passa ses mains sur son corps, jusqu'aux orteils et aux extrémités des doigts, en s'attardant sur sa poitrine et sur son ventre, comme s'il y promenait un détecteur de métaux. L'homme ne cessait de pleurer ; des sanglots caverneux, tel le bourdonnement d'un moteur tournant à vide dans un bosquet d'arbres. On murmura une prière, et l'homme ferma les yeux. Quand les mains du guérisseur lui atteignirent le front, il se mit à trembler. Le bruit discret de la louche raclant le fond de la marmite ne parvint pas à troubler la tension. Puis ce fut terminé. Les assistants prirent l'homme par les bras et l'emmenèrent à travers l'allée débordante de fleurs. Est-ce qu'il boitait toujours ? Hans n'en était pas certain. Peut-être un miracle était-il arrivé sans qu'il s'en rende compte.

Ensuite, ce fut un garçon en fauteuil roulant. Son père poussait le fauteuil ; il eut beaucoup de mal à le faire monter par la rampe. Le guérisseur se tourna vers le garçon. Son visage était inexpressif, mais il se pencha en avant et prit ses mains dans les siennes. Le garçon sursauta, essaya de se dégager, mais le guérisseur refusa de le lâcher. Le garçon semblait chercher son père des yeux. Le guérisseur tenta de lui parler calmement (mais comprenait-il l'anglais ?). Hans se leva. Est-ce qu'un miracle allait se produire ? Le garçon se mit à hurler. S'agitant sur son fauteuil, il faillit tomber par-dessus le bord de l'estrade. Le guérisseur se redressa : à d'autres d'en prendre soin. Le père accourut, prit les mains de son fils ; dans sa précipitation, il renversa le tabouret de bar et fit tomber la carafe d'eau.

Pauvre gosse, se dit Hans en voyant le père faire un signe de tête au guérisseur, descendre le fauteuil en marche arrière et disparaître parmi la foule. Les hurlements du garçon finirent par se taire.

Hans n'avait même pas remarqué que Sylvi était montée sur l'estrade. Ses bras pendaient lourdement le long de ses flancs. Le guérisseur la fit asseoir face à lui et lui posa une main sur le front. On n'entendait aucun bruit, seulement quelques chuchotements.

Un faible bruissement de pluie fit se lever les têtes. Des gens tendirent les mains pour essayer d'attraper les gouttes. La pluie ne tarda pas à tambouriner sur le toit en tôle ondulée, on posa des ponchos imperméables sur les fauteuils roulants, on vit les visages émerger du tissu comme autant de boutons de fleurs. Siriporn courait partout pour distribuer des parapluies. Les lanternes de riz se balançaient sur les branches, leur lumière vacillait, la pluie avait redoublé de force.

Cet homme est beau comme un dieu, pensa Sylvi. Sa main était si chaude, elle lui envoyait des rayons incandescents, l'inondait d'huiles saintes.

Elle vit Siriporn s'agiter dans l'obscurité grandissante. Hans s'était réfugié sous l'auvent du grenier sur pilotis. L'eau dévalait de la gouttière.

Comme tout était simple, se dit-elle. Mais fragile et stupide en même temps. Puis Siriporn vint la chercher.

— Viens, dit-elle. Il ne faut pas rester là, tu vas attraper la fièvre.

Sylvi lui sourit, se laissa prendre par le bras. Siriporn était si forte ; elle la guiderait. Elle pourrait l'emmener où elle voudrait.

5.

Le dernier troupeau

Le tracteur tournait à vide. Sur le fjord on voyait passer le ferry, le pont encombré de camping-cars. De jeunes lieus noirs perçaient la surface de l'eau. Il regretta de ne pas avoir emporté sa canne à pêche.

Il inhala la fumée, sentit une brûlure dans les poumons.

Le ferry disparut entre les îles. Des vagues se brisèrent contre les rochers.

Il tira de nouveau sur sa cigarette.

Il aurait aussi dû emporter son fusil de chasse, se dit-il. Il avait aperçu des renards près de la ferme.

Le soleil n'allait pas tarder à apparaître au-dessus de la montagne. Il l'attendait. Il avait des picotements dans les doigts. Ce tabac était vraiment fort. Et il n'avait encore rien avalé.

Un avion s'approcha à l'horizon. Tellc unc luciolc, il s'embrasa lorsque les rayons du soleil croisèrent son trajet.

Une navette aérienne transportant des éleveurs de saumons, des conseillers juridiques, des agents de développement touristique. Voyant l'avion traverser les couches d'air, il imagina les bourdonnements d'oreille des passagers prêts à affronter une nouvelle journée chargée.

L'appareil disparut derrière la colline. Il se pencha en avant, enfonça son doigt dans une éponge qui traînait sur le dessus du tableau de bord.

Non, il n'allait pas se baigner.

Il leva les mains, examina les tiques accrochées à ses poignets. Huit sur l'un. Quatre sur l'autre. Il les arracha d'un coup de dent et les recracha par la portière.

Sylvi trouvait que la montagne ressemblait au profil d'un homme endormi. Quand la lumière s'y déversa, elle fit davantage penser à une lame de couteau perçant un jaune d'œuf.

Tout ce jaune qui se répandait.

Il ferma les yeux. Il eut le sentiment qu'un gros vaisseau spatial flottait au-dessus de lui. Des extraterrestres s'apprêtaient à le hisser à bord, à le ligoter sur une table et à s'envoler avec lui.

La chaleur sur son visage. Il leva une main, comme pour dire *oui, je suis prêt*. Son père et lui avaient toujours été passionnés par les histoires de gens qu'on enlevait pour leur implanter des puces sous la peau (les personnages portaient tous les mêmes cicatrices). Quand la télévision parlait de ce genre de choses, ils n'en perdaient pas une miette.

La mer était calme. De l'huile mauve et incandescente.

Sa cigarette rougeoyait entre ses doigts.

Il écrasa le mégot sur le tapis de sol. Ça sentait les cheveux roussis.

Il posa les mains sur le volant, mit les gaz, fit demi-tour et remonta vers la ferme.

Un type lui avait appris au téléphone qu'on allait utiliser les camions à lait pour arroser les champs. Les paysans jetaient leur lait. La laiterie n'en voulait plus.

Il avait installé un lit de camp dans le couloir, devant la buanderie, et obturé les fenêtres avec des morceaux de carton. Là-bas, il faisait plus frais.

Quand il s'y couchait le soir, à moitié nu, il avait l'impression de se trouver dans une grotte. Il transpirait sans même bouger. Il poussait à fond le congélateur, qui finit par rendre l'âme – il dut jeter tout le contenu, qu'il enterra dans le jardin. Sous le plan de travail, ses vieilles bottes puaient atrocement. Il passait ses nuits à se tourner et se retourner sans pouvoir s'endormir.

Il brancha un tuyau sur une source située derrière l'étable, mais l'eau lui donna la diarrhée. Il dut parfois s'accroupir pour faire ses besoins dans la rigole à fumier, faute d'arriver à temps aux toilettes.

Les bêtes le regardaient d'un air stupide. Comme pour lui dire *bienvenue au club.*

Il pouvait se débrouiller sans électricité ; on était en été et il faisait jour tard. Le soir, il faisait griller des saucisses dans le jardin et mangeait de la confiture de groseilles à maquereau tiède (sur l'étiquette du bocal, on voyait l'écriture penchée de Sylvi).

Il ne lui manquait plus qu'un harmonica.

Des élans se tenaient dans l'obscurité, derrière les arbustes. Ils ne s'enfuyaient même pas quand on s'approchait. En fin de compte, il était plus timide qu'eux. La nuit, il les entendait mâchouiller des grappes de sorbier.

Ils étaient friands de baies.

Un soir, en se rendant à l'étable, il vit un énorme bœuf dans le champ. L'animal donnait des coups de sabot en soufflant.

Il téléphona à tous les voisins, mais personne ne répondit.

Le soleil était brûlant.

Les bêtes se serraient contre les murs, mais l'ombre s'embrasait.

Des forêts d'épilobes s'agitaient sous le vent. L'air était saturé d'insectes et de pollen. Une libellule vert métallique vint lui heurter le front alors qu'il coupait l'herbe au bord du chemin. Elle y laissa une petite tache humide.

Il revit le bœuf quelques jours plus tard. Il se promenait tranquillement dans la cour. Creusant le sol de ses sabots de devant, il renifla les fleurs de soucis, en brouta quelques-unes.

Les tiques pénétraient partout. Elles passaient par les fenêtres, les vaches en étaient couvertes quand elles venaient se faire traire. L'agronome municipal lui avait conseillé de les passer au jet.

Mais avec quelle eau ?

Il alla dans l'étable jeter un coup d'œil aux bœufs. Le plus gros arrivait à peine à lever la tête. Il leur distribua du foin, mais ils ne mangèrent pas grand-chose.

Grimpé sur un tabouret, il essaya de les débarrasser des tiques.

Il monta le son de la radio et joua de l'*air guitar* avec un manche à balai.

Puis il reçut un coup de sabot à la cuisse et s'effondra par terre. Au fil des jours, son hématome finit par ressembler à une tache d'huile et à s'étendre jusqu'à son sexe.

Le matin, les tiques grouillaient sur le sol de l'étable. Il y posa des pièges à glu. Les insectes y tombèrent, mais il ne parvint pas à vaincre le fléau.

Je devrais laisser sortir les bêtes, se dit-il. À force de courir, elles arriveraient peut-être à s'en débarrasser.

Couché sur son lit de camp, il pensa aux gens qui l'avaient précédé à la ferme. Il alla chercher une photo de ses parents ; ils étaient assis à la table de la cuisine, devant une bouteille de liqueur. Un fromage français était posé sur une planche à découper, un bouquet de gressins était disposé dans un verre à lait, des billets et des pièces de monnaie jonchaient la table et ses parents étaient hilares. Le photographe leur avait-il demandé de faire les clowns, ou était-ce leur fou rire qui l'avait décidé à appuyer sur le déclencheur ? Toujours est-il qu'on avait l'air de bien s'amuser à la ferme. Ses parents venaient de recevoir un remboursement d'impôts ; c'était la première fois que cela leur arrivait (Senior ne s'était jamais lassé de raconter leur surprise). Junior regarda les joues rebondies de sa mère, ses cheveux châtains, les billets qu'elle brandissait. Elle s'était renversée en arrière sur sa chaise. Son père était assis derrière elle, les cheveux en bataille et le haut de sa combinaison noué autour de la taille.

Dehors, c'était l'été. Et dedans on était fin soûls.

À l'époque, sa mère avait près de quarante ans, son père en avait dix de plus et leur fils n'existait pas encore. Junior n'était qu'un vague pressentiment, un espoir flottant dans l'air printanier, un tressaillement fugace.

Il passa un long moment à se laver le visage dans l'eau trouble de la baignoire.

Un matin il découvrit un petit épicéa dans le jardin. Le jeune arbre avait trouvé le moyen de percer l'épaisse couche de mousse. Finissant sa tartine, il regarda le frêle tronc qui s'agitait sous le vent.

Il eut l'impression de le voir pousser.

La nuit il ne cessait de se tourner et se retourner, faisant grincer le lit de camp. Petit, il avait été terrifié à l'idée que les yeux continuaient à voir derrière les paupières fermées. Qu'ils en étaient réduits à contempler ces plis sombres. Johan lui avait parlé d'opposants chinois à qui l'on avait coupé les paupières (était-ce sous la dynastie Qin ?). Hans avait beaucoup réfléchi aux séquelles que devait laisser cette torture.

On lui avait dit que l'invasion de tiques était due à l'incendie. Plusieurs feux s'étaient déclarés sur les îles, où les Sami côtiers faisaient paître leurs rennes. Les bêtes s'étaient jetées à l'eau pour échapper aux flammes. Certaines s'étaient réfugiées sur des récifs, où des bateaux de sauvetage avaient pu les récupérer. D'autres avaient fini par se noyer. Des rennes morts s'étaient échoués sur la grève. Junior en avait trouvé chez lui ; il l'avait signalé à la municipalité, et l'on était venu photographier les cadavres pour le dossier des assurances.

C'était une histoire absurde. Le photographe avait refusé le café que Hans lui avait offert, les bêtes étaient restées là et des transactions avaient eu lieu Dieu sait où. Les mouettes s'étaient gavées, les crabes avaient pris des proportions énormes à force de s'empiffrer de viande pourrie et leurs pinces étaient devenues redoutables.

Et puis, cette odeur ! Elle avait persisté longtemps.

Les rennes avaient transporté avec eux des millions de tiques, à qui il avait suffi de s'accrocher à un brin d'herbe, de mordre les pattes arrière d'un campagnol, de s'introduire dans l'oreille d'un renard ou de se fixer sur le dos d'un oiseau se régalant des dernières baies de genièvre.

Elles avaient fini par se répandre partout.

Elles grouillaient autour de ses bottes. Les voyant se débattre dans la bonde de la douche, il leur envoya un jet de laque à cheveux. Elles cessèrent aussitôt de gigoter.

Il parvint à faire une fenaison sur le nouveau terrain – c'était un ancien marécage et il y restait un peu d'humidité – mais la récolte était si maigre qu'il put la mettre en balles en une seule journée.

La nuit, il rêvait de cascades.

La chaleur était accablante. Les tiges des rosiers se cassaient sous le poids des bourdons. Les abeilles avaient de lourdes corbeilles à pollen aux pattes arrière. La ferme était en perpétuelle évolution. Jamais au repos, elle changeait, devenait méconnaissable.

La transpiration lui coulait dans les yeux. À force de se promener en débardeur ajouré, il avait la peau du torse quadrillée comme un rôti.

En faisant le tour de la maison, il remarqua que la trappe de la cave était ouverte. En bas, ça piaillait. Il but une petite gorgée d'eau à la gourde qu'il avait emportée, prit une planche et la cloua par-dessus l'ouverture.

Puis il alla chercher des pièges à souris dans la remise.

Sur le petit arbre apparaissaient déjà des pommes de pin jaunâtres et pointues. En les touchant, il eut les mains pleines de résine. Un parfum d'agrumes s'en dégageait. Des insectes rampaient sur le tronc et essaimaient autour des minuscules branches. Ils devaient être attirés par l'odeur.

Il sentit le mal de tête le gagner. Ses oreilles bourdonnaient.

Il but plusieurs gorgées d'eau. Desséchée, sa langue avait un goût métallique. L'eau était pleine d'impuretés – fourmis, grains de sable – qui crissaient entre ses dents.

Il se massa les tempes.

Ma langue n'est plus qu'un paillasson.

En se penchant en avant, il vit des tiques prises dans la résine. Il les fit tomber d'un coup d'ongle et les regarda se promener sur sa main. Dans le potager de sa mère il découvrit d'autres petits arbres. Il y en avait aussi autour des groseilliers. Ils avaient pris racine et luisaient au soleil, les branches gorgées de sève.

Le mal de tête l'élançait.

Il n'eut pas le courage de s'occuper de tout ça maintenant. Il retourna à la maison et s'attarda dans la buanderie. Il y faisait plus frais qu'ailleurs.

Il vit le camion de lait arriver dans la cour. Dieu merci, pensa-t-il, à moitié engourdi.

La transpiration coulait sur son menton.

Le camion s'arrêta devant la maison. Puis il se dirigea au ralenti vers l'étable.

Des tiques s'étaient accrochées à son bras. Il enleva sa chemise et alla à la rencontre du chauffeur.

Celui-ci venait de quitter la cabine et contemplait les champs. Un spectacle désolant.

— Ça va pas fort, à ce que je vois, dit-il.

— Heureusement que vous êtes venu.

— Je ne peux pas faire grand-chose. Mais c'est mieux que rien.

— Et Sigitas ? Il est où ?

— Rentré chez lui. On n'est plus très nombreux, mais on essaie de tenir le coup. Vous voulez que je mette le tuyau où ?

Hans regarda autour de lui.

— Là-bas.

L'homme hocha la tête, déroula le tuyau et dirigea le jet vers l'endroit qu'on venait de lui indiquer. L'eau se déversa sur l'herbe jaunie.

Des arcs-en-ciel se formèrent dans les gouttelettes d'eau.

— C'est joli, hein ? dit l'homme.

Il chantait pour se donner du courage. Sa chemise était trempée de sueur. À travers la portière ouverte de la cabine, on apercevait un chien.

— Vous pouvez aussi me remplir les baignoires ? demanda Hans.

— Pas de problème.

L'homme ferma l'eau et tira le tuyau jusqu'à l'arrière de l'étable.

— Voilà, dit-il quand les baignoires furent remplies. Maintenant il ne m'en reste plus une goutte.

Il secoua le tuyau.

— Mais je reviendrai.

— Alors ça ira.

Après le départ du camion, il alla chercher le moule à gaufres, fit passer le cordon par la fenêtre et installa l'appareil sur la table du jardin. Puis il retourna dans la cuisine, découpa son dernier quignon de pain, beurra les tranches et les tartina de ketchup en s'aidant de ses doigts. Pour finir, il y ajouta le fromage qui lui restait. De grosses gouttes de transpiration tombèrent sur sa préparation.

Il saupoudra le tout d'origan et de glutamate de sodium, mit ses toasts sur un plat et les emporta dehors.

En les posant dans le moule à gaufres, il vit qu'un petit épicéa avait réussi à percer entre deux lattes de la terrasse.

Il referma le moule et fit couler le fromage. Il resta un moment à contempler le jeune arbre. Il eut le sentiment de le voir pousser, mais il était peut-être en train de devenir fou, tout simplement. Ses pensées s'embrouillaient.

Il se dit que l'arbre était doté d'une volonté, d'une forme d'intelligence, qu'on pouvait converser avec lui. Qu'il lui faisait signe. Qu'il avait un message à lui transmettre. Mais il finit par comprendre que tout cela était complètement absurde.

Ce n'était qu'un arbre.

Après avoir mangé, il se mit à plat ventre, s'empara du petit épicéa et commença à le tordre dans tous les sens pour essayer de le casser. Mais l'arbre était coriace, plein de sève ; il crut presque l'entendre crier. En désespoir de cause, il le taillada avec son canif et parvint à enfouir le reste du tronc sous la terrasse.

Du morceau de bois qu'il tenait entre ses mains, il s'écoulait un liquide blanc qui lui poissa les doigts. Comme si l'arbre continuait à le narguer.

Il s'approcha de la balustrade et le jeta dans la plate-bande de rhubarbe. D'autres arbres se tendaient déjà vers la lumière.

Le matin suivant, il vit le troupeau sortir de la forêt et se diriger vers les baignoires. Des sous-groupes s'étaient formés, chacun avec un chef. Les bêtes s'étaient bagarrées, certaines avaient des plaies qui saignaient. Pendant la nuit, il les avait entendues meugler. Il y en avait une qui boitait terriblement ; elle n'allait sans doute pas s'en sortir. Il essaya de les compter, mais elles se mélangeaient devant ses yeux. Et il n'arrivait pas à se concentrer.

Il finit par les regarder d'un air stupide.

Il prit de l'eau dans la baignoire de la salle de bains, remplit le lavabo, se frotta le visage et les mains. Puis il alla faire les courses, mais les rayons du supermarché étaient presque vides. Il y avait des problèmes d'approvisionnement, les bateaux ne faisaient pas le plein de marchandises.

— On n'a plus grand-chose, lui dit la caissière.

Des navires de guerre remontaient vers le nord, un exercice de l'OTAN se préparait. Mais cette guerre n'était pas la sienne, il ne voulait rien en savoir.

Le courant finit par revenir au bout de quinze jours. En voyant clignoter la lumière de l'étable, il alla dans la cuisine et s'empressa d'allumer la cafetière électrique.

Il l'entendit feuler comme un chat. Puis les gouttes noires se mirent à tomber.

Pendant que le verseur se remplissait, il composa le numéro.

Il se présenta, dit à qui il voulait parler.

— Bonjour Hans, j'ai reconnu votre voix, lui répondit-on. Ça faisait longtemps. Ne quittez pas, je vais vous la passer.

Le verseur était presque plein.

Quelqu'un transporta le téléphone dans sa poche à travers le bâtiment. Il entendit des portes s'ouvrir et se refermer, un écho résonner dans la cage d'escalier. Il imagina la tapisserie (une sorte de portail jaune sur fond rouge) ornant le mur.

On traversa des couloirs avec des chaussures qui grinçaient (des Crocs ?). Il savait que des gens y étaient assis – il les avait vus tendre le cou pour suivre du regard les personnes qui passaient – et ne put s'empêcher de penser aux vaches qui l'observaient quand il parcourait l'étable. Une voix de femme dit *oui, oui, je m'occupe de vous dans quelques instants*. On arriva enfin devant la chambre de Sylvi, on frappa à la porte, on entra sans attendre en se servant d'une clé magnétique.

— Bonjour Sylvi, vous êtes là ? demanda la voix de femme.

Puis :

— Une seconde, Hans, je lui passe le téléphone.

Il regarda la bête dominante s'abreuver. L'eau coulait sur son mufle, elle donnait des coups de sabot pour éloigner ses congénères. Elles devaient toutes être assoiffées, les coups de sabot se répercutèrent jusqu'aux dernières bêtes du troupeau. Une vache amaigrie finit par renoncer et faire demi-tour en direction de la forêt.

Pendant quelques minutes, les autres restèrent immobiles.

— Vous êtes là ?

— Oui.

— La voici.

Il serra l'anse de sa tasse entre ses doigts.

— Salut, dit-elle.

Il savait qu'elle préférait le laisser parler – « Ma voix se fatigue si vite, lui avait-elle dit. Raconte-moi ce qui se passe, décris-moi tout ce que je ne peux pas voir. »

— Le courant est revenu. Je me suis fait du café.

— C'est bien.

— Le café, c'est important.

— Tu as raison.

Il vit la bête dominante baisser la tête. Elle meugla, puis elle bondit pour s'attaquer à celle qui se tenait juste derrière. Une vache se précipita contre la clôture et tomba sur le flanc. Le reste du troupeau reprit péniblement le chemin de la forêt.

— Et voilà qu'elles dansent, dit-il.

Silence.

— Tu es là ?

Il ouvrit la fenêtre, dirigea son téléphone vers l'extérieur.

— Tu les entends ? Elles sont là, juste devant l'étable.

— Je les entends. C'est apaisant.

Derrière les lucarnes, les bœufs fixaient les vaches du regard. Les hirondelles entraient et sortaient de la grange. Il y avait une odeur de brûlé. Il n'y avait pourtant le feu nulle part.

— Bientôt il faudra les rentrer, je pense, dit-il.

— Oui.

— Il fait trop chaud. Elles n'ont plus rien à manger.

— Il faut en prendre soin.

— Et toi, comment ça va ?

— Eh bien… Je dors tout le temps.

On entendait le ronronnement d'un téléviseur. Elle suivait probablement des yeux les images qui défilaient.

— J'aimerais mieux ne pas être seul pour les rentrer, dit-il.

— Je comprends.

— Tu veux que je vienne te chercher ? Tu auras le courage de te déplacer ?

— Je voudrais bien, dit-elle au bout d'un moment. Mais ça dépend.

— De ton état ?

— Oui. De mon état.

*

Toujours le même trajet. Monter jusqu'à la forêt, s'y promener quelques minutes, une heure ou plus longtemps. Entendre les moustiques bourdonner, les sentir se poser sur sa peau et le piquer. Il essaya en vain de les chasser en donnant des coups de pied, comme les vaches. Il n'eut même pas la force de se baisser. Et ses mains étaient trop occupées à écarter les branches. Il distinguait la ferme entre les arbres, mais n'avait pas envie d'y retourner. Seulement de s'asseoir un peu dans une clairière et contempler le ciel. Indiquant aux insectes *servez-vous.* Il finit par marcher penché en avant pour éviter de se faire fouetter par les rameaux.

Il déboucha du côté de chez Johan et enjamba la barrière. Son père avait toujours affirmé qu'on n'avait pas le droit de pénétrer sur les terres de quelqu'un comme ça. Même quand il s'agissait de votre frère ou de votre oncle. Pendant toute son enfance, il avait eu peur de braver les interdits. Et il continuait à se méfier des gens.

La veille, Johan était venu chez lui. Il avait quelque chose à lui dire, Hans l'avait tout de suite compris. Il était resté sur le perron après avoir frappé à la porte. Pas question d'entrer sans y avoir été invité. Il ne portait pas sa combinaison, et l'on voyait plus nettement à quel point son visage était abîmé.

— Je voulais seulement te dire qu'on s'en va. Siriporn a une maison dans son village. Il y a plein de gens là-bas que je n'ai jamais rencontrés. Et sa mère est tombée malade ; elle n'en a plus pour longtemps. Siriporn voudrait la revoir avant qu'il ne soit trop tard. Ce serait bien si tu pouvais jeter un coup d'œil à la maison de temps à autre. Tu sais où est la clé. J'ai trouvé quelqu'un pour s'occuper des champs, tu n'as pas à t'en soucier. Et toi, comment ça va ? Tu tiens le coup ?

— J'essaie, dit Hans.

Il alla chercher une bouteille d'aquavit.

— Tu prendras bien un verre ?

Johan hocha la tête.

Ils sirotèrent leur eau-de-vie, assis sur les marches. Difficile de se rappeler à présent à quel point la ferme avait été animée, autrefois. *Tu te souviens de ton père, quand il cueillait des myrtilles et les mettait dans son chapeau ? Et ton frère, comme il était musclé ? Et le bruit de l'arbre, quand il est tombé ?*

Tant de vies avaient croisé la leur.

— À la tienne, dit Junior.

— À la tienne, dit Johan.

Ils étaient tous les deux légèrement soûls quand Johan se leva, remercia Hans pour l'aquavit et lui serra la main :

— Ça m'a fait bien plaisir.

— Il ne me reste plus qu'à vous souhaiter bon voyage, alors.

Était-ce leur départ prochain qui avait rendu Junior si nerveux ? Ne tenant plus en place, il descendit jusque chez eux pour la revoir. Il poussa la porte du salon de massage sans y avoir été invité. Il était peut-être possible de venir sans rendez-vous, pensa-t-il. Il pouvait au moins tenter le coup. Les fenêtres étaient ouvertes, les rideaux flottaient au vent, on aurait dit des femmes agitant la main à bord d'un train pour dire adieu à leurs maris…

Siriporn était dans la buanderie, elle l'avait aperçu. Elle sortit pour lui demander ce qu'il voulait, mais ne le vit nulle part. Elle le découvrit finalement dans le salon de massage. *Poor man.*

Voulant se reposer un peu, il s'était endormi. Pelotonné sur le canapé en cuir, il se réveilla en entendant sa voix. Elle le secoua doucement.

— Hans, dit-elle. Hans.

Il leva les yeux vers elle.

— *Oh, sorry*, dit-il.

Elle ne cessait de s'essuyer les mains comme si elle frottait une pomme. Il y avait une grosse tache sur le devant de sa chemise ample. Aux pieds, elle portait des Crocs vert grenouille.

— Ça va ? demanda-t-elle. Tu dormais ?

— Je me reposais un peu, seulement.

— C'est OK, Hans.

Elle posa la main sur son front.

— Tu es chaud… Laisse-moi aller te chercher un peu d'eau.

Derrière la porte, un réfrigérateur ronronnait. Elle y prit une carafe d'eau, posa un verre sur un plateau argenté et se dirigea vers lui. On entendit un tintement de glaçons.

— Tiens. D'abord de l'eau. Tu as soif.

Il en but une gorgée. L'eau avait un goût métallique. Elle traînait sans doute au réfrigérateur depuis longtemps.

— Il faut tout boire, dit-elle en poussant le verre dans sa direction.

Ne résiste pas. Laisse-toi guider par elle.

— Un massage ? demanda-t-elle en reprenant le verre. Elle tendit les bras, l'aida à se relever. Un bruit de cisailles à gazon parvenait du dehors.

— Si c'est possible, je ne dis pas non.

Il connaissait la maison depuis l'époque où le père de Johan y avait vécu. Johan et lui y avaient chapardé des objets. Un jour où le vieux s'était endormi dehors, ils lui avaient brûlé la nuque en faisant passer les rayons du soleil à travers une loupe. Quand il avait relevé la tête, ils s'étaient enfuis.

Il se souvenait de l'odeur de ses cheveux roussis.

Le frère de Johan était là, lui aussi.

Le séjour n'avait pas changé.

— Tu reconnais ? demanda-t-elle.

— Oui.

— C'est bien. Tu peux te déshabiller, en gardant ton slip.

Elle tira un drap accroché à une tringle.

— Appelle-moi quand tu es prêt.

Elle disparut dans la pièce d'à côté.

Il déboutonna son pantalon, le laissa tomber autour de ses chevilles, passa sa chemise par-dessus sa tête.

— Ça y est ? Tu es prêt ? Allonge-toi.

Couché sur le ventre, il contemplait les fleurs en plastique. Les feuilles étaient recouvertes de poussière. Il y en avait aussi sur le sol. Comme elle n'attendait personne, elle n'avait pas passé l'aspirateur.

Elle commença à promener ses mains sur son corps. Il eut le sentiment qu'elle frôlait le contour de ses douleurs. Comme si elle cherchait à remplir de sable un nid de guêpes.

— Tu chantes ? demanda-t-il.

— C'est la musique. Elle te plaît ?

En levant la tête il se rendit compte que le chant venait d'un haut-parleur dissimulé par une plante verte.

— J'ai cru que c'était toi.

— Je ne chante jamais. Sauf sous la douche.

Elle eut un rire bref. Puis elle posa une main sur sa nuque :

— Non. Pas bouger. Non.

Il baissa la tête. Ses ongles lui parcouraient la nuque. Un léger chatouillis.

— Sylvi va rentrer ? demanda-t-elle.

— Je dois aller la chercher. Tout à l'heure.

— Comment elle va ?

— Mieux.

Dehors on entendait le bruit d'un tracteur. Je devrais être en train de travailler, pensa-t-il. Au lieu de rester allongé ici, à moitié à poil.

Elle avait le ventre qui gargouillait.

— Tu as faim ?

— Non.

Elle rota discrètement.

— Si tu veux manger, on peut faire une pause.

— Je n'ai pas faim. J'attendrai. Ne bouge pas.

— Ça va ? demanda Siriporn.

— Oui, murmura-t-il.

Puis il ouvrit les yeux. La lumière éclairant les fleurs en plastique s'était atténuée, la poussière était moins visible. Un nœud rose était posé sur un miroir, sans doute pour imiter une fleur flottant sur l'eau.

— *You can turn now,* dit Siriporn.

Elle est là.

Elle commença par lui masser les jambes. Il sentit un tressaillement à l'entrejambe. Son sexe se redressa comme une vieille bête.

Est-ce qu'elle le remarqua ? Peut-être pas.

En tout cas, elle en fit peu de cas.

Ses mains remontèrent le long de ses cuisses.

Le tracteur passa de nouveau.

Siriporn s'approchait maintenant de son sexe, mais ne fit que le frôler.

Il essaya de penser à la pluie. À la mousson.

— *You OK ?* demanda-t-elle.

— *Yes, very.*

Il la regarda en plissant les yeux. Il eut l'impression de voir son ossature à travers son tee-shirt. Il pensa au chat de Sylvi. Celui qui avait disparu.

Qu'il était bête, ce chat.

Son sexe tendait son slip.

Il devina sa colonne vertébrale. Comme si l'on avait fait bouillir son corps jusqu'à ce que ses chairs s'en détachent, et exposé son squelette dans une vitrine éclairée.

En laissant son crâne dans un bol.

— Tu es belle, dit-il.

Pendant qu'elle s'occupait de ses jambes, il contemplait ses cheveux. Il distingua son cuir chevelu blanc et luisant sous ses mèches noires.

Ses cheveux fourchaient. Ils semblaient amovibles, comme une perruque. Il crut presque voir les trous où ils étaient implantés.

— Hans ? Tu es là ?

Le tracteur passa pour la troisième fois.

*

Quand il arriva, elle était assise sur le bord du lit, tout habillée. La fenêtre était ouverte, les rideaux flottaient à l'intérieur de la chambre. Dehors, une famille syrienne préparait un barbecue. Les enfants faisaient du trampoline.

— Tu viens ? demanda-t-il.

En se dirigeant vers la voiture, elle ne dit pas grand-chose. Seulement qu'elle était contente de rentrer à la maison.

Il avait à peine pris le volant qu'elle s'endormit.

De retour à la ferme, elle voulut tout de suite entrer. Elle fouilla à la recherche d'un chausse-pied qu'elle voulait prendre avec elle.

— Tu sais où il est ? demanda-t-elle.

— Aucune idée.

— Ils n'en ont pas, là où je suis. Et il m'en faut un.

Il lui proposa un verre de vin. Du coup, elle oublia le chausse-pied.

Ils s'assirent à la table de la cuisine. Il remplit les verres (il avait déjà sorti la bouteille).

— On est bien ici, dit-elle.

Elle prit son verre dans ses deux mains, ouvrit la bouche. Quelques gouttes de vin tombèrent sur son pantalon.

— Il est bon, dit-elle.

— Ah oui, il est bon.

Quand ils eurent terminé leurs verres, il l'aida à mettre ses bottes. Elle était venue en chaussures de ville.

— Tu es toujours aussi gentil, murmura-t-elle.

Il glissa un thermos de café dans son sac à dos.

— Voilà. On est prêts.

Il avait aussi pensé à prendre quelques gâteaux secs. Ce serait une surprise pour tout à l'heure.

— C'est beau ici, dit-elle quand ils furent dehors. Très beau, répéta-t-elle.

— Je vais faire du bruit, dit-il. Alors, bouche-toi les oreilles.

— Arrête tes bêtises.

— MES BELLES, cria-t-il.

Elle éclata de rire.

— Mes belles.

— MES BELLES, MES BELLES.

— Mes belles, mes belles.

— Tu sais où elles sont ? Tu les as vues ?
— Elles s'enfoncent dans la forêt, maintenant que la saison tire à sa fin.
— Elles se fraient un chemin en broutant ?
— Exactement.
— Et elles trouvent de quoi manger ?
— Je crois.
— Ou tu l'espères ?
— C'est plutôt ça.
— Tu as fait ce que tu as pu, dit-elle. Tu as tenu bon. Bientôt la pluie va venir.
— Et toi, tu vas rentrer.

La forêt de résineux se faisait clairsemée, et l'on y voyait des touffes de bouleaux nains. Les bêtes en avaient grignoté l'écorce, signe qu'elles avaient faim.

— Car tu vas rentrer, n'est-ce pas ?
— Bien sûr.

— Tu t'en souviens ? demanda-t-il.
— De quoi ?
— De la première fois que tu es venue.
— Évidemment. Le Petit Haïti.
— C'est beau là-bas.

De l'autre côté du promontoire, le fond sablonneux était à découvert. Ils pourraient peut-être atteindre l'île sans se mouiller les pieds.

— Si on s'asseyait sur les rochers pour attendre le coucher du soleil ?

— C'est une bonne idée.

Devant eux, la mer s'étendait, avec ses récifs et ses fonds poissonneux.

Il regarda le bleu sombre des abysses et les taches plus claires des récifs.

Les autres îles se succédaient comme autant de pétales mordorés.

Il n'y allait jamais. Il n'y connaissait personne.

— Les bêtes, dit-il. Elles sont là-bas.

— Tu vois. Elles n'avaient pas disparu.

Cernées par une nuée de mouettes, les vaches se tenaient sur l'Îlot aux chèvres.

— Jamais je ne les ai vues s'aventurer jusque-là, dit-il.

— Elles ont sûrement piétiné les nids, tu ne crois pas ? C'est pour ça que les oiseaux sont si agressifs.

— Sûrement.

— Elles ont l'air amaigries.

— Ça n'a pas dû être facile pour elles.

— Et elles ne bougent pas. Elles sont vivantes ?

— Bien sûr qu'elles sont vivantes.

Un peu plus loin, à la lisière de la forêt, ils virent d'autres bêtes.

— Celles-là ne sont pas à nous, dit-il.

— Elles appartiennent à qui ? À Johan ?

— Non, il a tout arrêté.

— Il n'a plus de bêtes ?

— Siriporn et lui vont partir en Thaïlande.

— Pourquoi ?

— La mère de Siriporn est malade.

— Ça me fait de la peine.

— Avec des bêtes qu'on ne connaît pas, il faut faire gaffe.

— Tu ne les as jamais vues ?

— J'ignore totalement à qui elles peuvent appartenir.

— Qu'est-ce qu'elles font là ?

— C'est bien la question que je me pose.

En descendant du rocher, il posa le pied dans un tas de varech desséché. De petits crabes y étaient enfouis. Ils étaient entièrement vidés ; il n'en restait plus que la carapace.

Leurs pattes s'étaient détachées. Elles gisaient autour d'eux.

Une araignée-loup s'enfuit, déplaçant à toute allure son corps ovoïde.

Une puce d'eau gigotait à l'intérieur d'une coquille au dessin aussi délicat qu'une nappe en dentelle.

Maman.

De petits bruits indiquaient qu'il y avait de la vie partout. Ses pieds firent gicler l'eau, une créature gélatineuse semblait y respirer, des choses s'ouvraient dans le sable – une bouche, une glande –, aspirant la lumière ou recrachant un liquide avant de disparaître dans l'obscurité.

Une langoustine essayait de regagner la mer. Ses petites pattes s'agitaient fébrilement, mais le chemin était encore long.

Les oiseaux ne manqueraient pas de la croquer.

— On aurait pu se baigner, cria-t-il.

Mais Sylvi était trop loin pour l'entendre.

Il la vit s'agenouiller pour ramasser quelque chose.

— Tes coquillages préférés ? demanda-t-il.

— Non, il n'y en a pas ici. Mais j'ai trouvé ça.

Elle lui montra une coquille jaune.

— Elle est jolie, dit-il.

Soufflant dans leur direction, le vent leur apportait un peu de fraîcheur. La mer commençait à affluer. Des vagues se brisaient contre l'îlot où s'étaient réfugiées les bêtes.

Sylvi se dirigea vers lui. Elle a maigri, pensa-t-il. Mais c'est toujours ma Sylvi.

— La marée monte, dit-elle.

— Je le vois. Il faut qu'on arrive à faire revenir les bêtes sur la terre ferme. Sinon elles vont passer la nuit là-bas.

— Peut-être que ça leur plairait.

— Je ne crois pas. L'eau, elles n'aiment pas ça.

Il la prit par la main.

— Essayons de leur montrer qu'on est là.

Il souleva leurs bras.

— Au moins, elles nous auront vus, dit-elle.

— Et elles savent ce que ça veut dire.

— Mes belles, cria-t-elle. Venez, venez.

Les vagues montaient maintenant à l'assaut de l'îlot. L'eau s'infiltrait entre les rochers.

— Je ne suis peut-être pas fait pour cette vie, dit il.

— Moi, je te trouve courageux.

— Si tu le dis, il faut bien que je te croie. Mais j'ai parfois des doutes.

Ses mots continuèrent de résonner dans sa tête. Elle avait surgi de nulle part, et sa vie ne tenait plus qu'à un fil.

Il l'entendit appeler les vaches :

— Mes belles. Venez, mes belles, venez.

— Ici, on peut pêcher des flétans, dit-il.

Mais elle ne l'écoutait pas. D'ailleurs, ce n'était pas vrai. *Ici, on pouvait caresser le ventre des baleines.*

Une première bête s'arracha à l'immobilité et commença à descendre la crête rocheuse. Les autres ne tardèrent pas à la suivre.

— Elles viennent, cria-t-elle.

— Qu'est-ce qu'on a fait pour y arriver ?

— Rien de spécial. Elles ont entendu nos voix, ça leur a plu.

Les mouettes chassèrent le troupeau vers la terre ferme. Puis les oiseaux firent demi-tour, et les vaches continuèrent sur leur lancée jusqu'à la lisière de la forêt. Lourdes et obstinées, elles semblaient ignorer les accidents du terrain.

Il pensa à l'époque où il rentrait les bêtes avec son père. C'étaient de bons souvenirs. Une petite plaquette de chocolat dans la poche de sa combinaison. S'asseoir dans l'herbe haute pour surveiller le troupeau. Des branches de saule pour frapper le cul des vaches quand elles ne voulaient pas avancer.

Un vent lourd soufflait à travers les oyats. Les bêtes se tenaient de nouveau immobiles, Dieu sait pourquoi.

— Tu es là ?

— Je suis là.

— Je suis content que tu sois de retour. Tu m'as manqué.

— Je suis contente d'être là. C'est tout ce que je désire.

En franchissant le promontoire, il vit à quel point le vent du nord avait abîmé les murs de la nouvelle étable. Faisant éclater le plastique, le ciment s'était figé dans les seaux posés sur l'échafaudage, qu'il n'avait jamais pensé à démonter. Des machines agricoles étaient garées derrière l'étable. Il les y avait entreposées après la mort de son père, puis elles étaient restées là.

Le spectacle avait quand même quelque chose de beau. Tout était familier. Des sentiers s'enfonçaient dans la forêt. Pleins de mystères, chargés de sens.

Il se retourna, se donna des tapes sur les cuisses.

— Venez, mes belles, venez.

— Elles ne bougent pas.

— Venez. Mais venez, enfin !

— Tu les effraies.

Elle cria à son tour :

— Mes belles ! Venez !

Les bêtes se tenaient près de la barrière.

— Si elles décident de s'enfuir dans la forêt, on ne pourra rien faire, dit-il.

— Elles ne veulent pas rentrer ? demanda-t-elle.

— Donnons-leur un peu de temps. Parfois, elles ne savent pas ce qu'elles veulent.

— Elles ont peut-être oublié ce que c'est d'être enfermées à l'étable.

— Espérons. Si elles s'en souviennent, elles ne voudront sans doute pas y retourner.

Il regarda les bêtes.

— Vous êtes libres ! cria-t-il. Vous êtes libres ! Personne ne vous oblige à quoi que ce soit.

Elles ne bougèrent pas.

— Elles sont belles, murmura-t-il.
— Oui. Très. Mais pourquoi tu pleures ?

— Je pleure ?
Il pensa à quelque chose qu'avait dit son père. Ils avaient travaillé dur, lui et sa mère. Tout était si pénible. Mais après, quand c'était terminé, quand le corps était de nouveau libre, quel plaisir de s'allonger dans l'herbe !
Des souvenirs affleuraient, toutes sortes de détails, il ne comprenait pas pourquoi. Des choses du passé, qui ne se reproduiraient pas.

Ce devait être le vent.

Les bêtes se mirent soudain en mouvement. D'un pas lourd, elles se dirigèrent vers l'étable, l'une après l'autre. Elles avançaient en boitant, au milieu d'un nuage de sable. Jamais il ne les avait vues aussi maigres. Elles avaient le cuir éraflé, leurs mamelles desséchées ballottaient sous leur ventre.
Les hirondelles tournoyaient au-dessus de leurs têtes, et le vent soufflait dans les épilobes, emportant des milliers de graines.
Le ciel semblait opaque comme une peau.
Il leva les yeux.
La porte de l'étable était ouverte. À l'intérieur, l'obscurité promettait un peu de fraîcheur.

REMERCIEMENTS

En écrivant ce roman, j'ai arpenté les souvenirs des paysages de mon enfance, marchant sur les pas de gens et d'animaux qui ne sont plus là. J'ai écrit ce que j'ai vu et ce que j'ai imaginé, j'ai parlé de ce qui a disparu et de ce qui existe toujours.

J'ai également discuté avec de nombreuses personnes qui m'ont aidé à avancer. Merci à Magnhild Oust Torske, maîtresse de conférences de l'Université de Tromsø, qui m'a aidé à comprendre les problèmes de santé mentale des paysans. Merci à Stig Strandli Gezelius et à Oddveig Storsand pour leurs explications sur les rapports complexes entre les individus et le système dans l'agriculture d'aujourd'hui. Merci à Linn Camilla Braathen de m'avoir parlé de sa vie d'inspectrice à l'Agence nationale de sécurité alimentaire. Merci à mon ami d'enfance, le paysan Arne Bakken, pour son aide et sa présence. Merci également à un autre ami d'enfance, le paysan Glenn Johansson. Merci à mon oncle Leif Andreas Hofstad, qui est sans doute assis sur son tracteur quelque part au nord, dans le plus beau des paysages. Merci à Ingvild Evjemo, Staffan Söderblom, Birger Emanuelsen, Peter Strasegger et Kristin Berget pour leur relecture attentive. Merci à mes éditeurs John Erik Riley et Kari Joynt pour leur patience et leurs remarques judicieuses. Merci aux mains qui m'ont guidé et aux yeux qui m'ont regardé : merci à ma mère, mon grand-père et ma grand-mère.

Et, pour finir, merci à ma femme et première relectrice, Elen, ainsi qu'à mes enfants, Henia Sofie, Ingmar Johannes et Leiv Aksel.

*

Page 257 figure une citation du roman de Cathrine Knudsen, *Le Dernier Adjuvant* (non traduit) : « Et puis, ils avaient la ferme. Une ferme que l'on aime vous rend votre amour au centuple. »

Cet ouvrage a été achevé d'imprimer sur Roto-Page
par l'Imprimerie Floch à Mayenne
pour le compte des éditions Grasset
en octobre 2024

Mise en pages
PCA 44400 Rezé

PAPIER CERTIFIÉ

Grasset s'engage pour
l'environnement en réduisant
l'empreinte carbone de ses livres.
Celle de cet exemplaire est de :
650 g éq. CO_2
Rendez-vous sur
www.grasset-durable.fr

N° d'édition : 23334 – N° d'impression : 105238
Dépôt légal : novembre 2024
Imprimé en France